目次

Episodes

第一話
優雅なお茶の時間
Tea Time in an English Inn
7

第二話
ちょっと変わったリクエスト
A Strange Request at a Piano Bar
50

第三話
場違いなロマンティック
A Romantic Scene in an Unromantic Place
100

第四話
お仕事はここまで
Wrapping Up a Business Meeting
139

第五話
雨のち晴れ、ときどき淋しい
I Don't Love You Any More But I Still Miss You Sometimes
185

第六話
それぞれの人生の「ある日」
A Day in the Life
230

第七話
情事と事情
Behind the Scenes at the Theater
271

情事と事情

第一話　優雅なお茶の時間

Tea Time in an English Inn

やたらに高い天井から無駄に豪華なシャンデリアがぶら下がっている、いわゆる高級ホテルのティーラウンジ「オールドローズ」のピクチャーウィンドウの向こうには、皇居のお堀が見え隠れしている。中央に置かれたグランドピアノの前で、黒いロングドレスを身にまとったピアニストがショパンを弾いている。

『英雄ポロネーズ』──。

誰ひとりとして自分の演奏に耳を傾けていないとわかる場で、あくまでも真剣に弾き続けるのは、ある種の苦行ではないのだろうか。

中条彩江子《なかじょうさえこ》は、痛々しいほど白い、彼女のむき出しの肩を見たとき、まずそう思った。

若くて細くて可愛い。

というだけで、彼女には、こういう場所における存在価値がじゅうぶんあるのだろう。使い捨てにされる運命にあるからこそ、一瞬の輝きを放っている存在価値が。彼女はそのことを自覚しているのだろうか。自覚していても、いなくても、彼女は不幸な女だ。なんて思っている私は、とってもいやな女なのだろうか。

たとえば、すでにしっかり落ちぶれている男性有名人がふんぞり返って、才能のあふれている若い女優に「きみ、可愛いね」などと平気で宣《のたま》い、それに対して「ありがとうございます」と、頭を下げて可愛く答える。そういう演技をしている女優に、彩江子は彼女を重ね合わせてしまう。

テーブルの上には、編集者が注文した、コーヒー&ひと口サイズのスイーツ五種類付き、七千五百円のセットが並んでいる。彩江子にとっては、出版社の経費で落としてもらえなかったら、とても注文できないような代物だ。まわりの女性客たちは何食わぬ顔をして、もっと高いセットを注文し、優雅なお茶の時間を楽しんでいる、ように見える。

優雅。

口には出さないで、彩江子はつぶやく。

ショパンを雑音に変えてしまうような笑い声としゃべり声。自由と快楽を謳歌しているに違いないうら若い女性たちと、金銭的な余裕と暇を持て余しているに違いない年配女性たちのグループが目に付く。

そのどちらにも属していない私。人生のパートナーもいないし、恋人と呼べるような人もいない。帰ったら喜ばれるような実家もない。あと二年ほどで、四十代になる。日本社会の基準によれば、もう若くはない。仕事はある。いや、仕事しかない。しかし、その仕事がいつまであるのか、保証はまったくない。

彩江子はふっと、視線を宙に泳がせる。

私はこんなところで、何をしているのだろう。

＊＊＊

淡いピンクの花を咲かせたものがひと株。

白い花びらに赤の斑《ふい》入りのものがふた株。

合計三株の小さな薔薇がブルーの陶器の壺にきれいに収まって、まるで「私たち、昔から、ここで咲いていていました」と、囁き合っているように見える。

仕事場のマンションのベランダで、結城愛里紗《ゆうきありさ》は、今しがた壺に植え替えたばかりのミニ薔薇を見つめながら、ほっとひと息つく。

小一時間ほど、土や根と格闘していたのに、汗ひとつ、かいていない。

――愛里紗は体温が低いね。

結婚したばかりの頃、夫の結城修《おさむ》からそう言われたことを、ふと、思い出す。

――ほら、ここも、こんなにひんやりしてる。

夫の手で乳房を撫でられた夜のことを思い出しても、熱くはなれない。最後に体に触れられたのがいつだったのかも、思い出せない。あれは嫌い、と、愛里紗はぼんやりそう思う。だって、汗をかくもの。私はかかなくても、あの人がかく。だから、いや。

結婚して十三年。今は、三十八と四十九の夫婦。

愛里紗にとって夫は遠く、あくまでも、ふと、思い出すような存在でしかない。いわば、ぼやけた遠景のようなもの。

近景は、この薔薇。

目の前で咲き揃っている、可愛らしい淡い、ひと重咲きのオールドローズ。色は「ピンク」と言い表したとたん、この、柔らかくて、清楚で、上品な花の色が下品になるような気がして、もとの容器から抜き取った説明書きに記されている色の名称を、愛里紗は「プラムシャーベット」と言い換える。

もう一種類の薔薇の「斑入り」も、気に入らない。白い花びらに刷毛でさぁっと撫でたように入っている、この真紅のストライプは、この薔薇の抱えている秘密というか、疑惑というか、企みというか、衝動というか、そんな危うい何かに見えている。

危うさに、斑入りという言葉は似合わない。

危うさを表すために、ふさわしい言葉は何。

シャドウ。シークレット。そんなの、当たり前過ぎる。だったら何。

花のことになると、つい、真剣になってしまう。

この花にふさわしい、美しい秘密、あるいは企みを象徴する言葉は。

ミステリー。そう、これだわ。

愛里紗は微笑む。柔らかく、とても優雅に。

＊
＊＊

悪魔的な手。

というものがこの世にあるとしたら、それはこの手。

水無月流奈《みなづきるな》は、右隣に横たわっている男の左手を取り上げ、顔の前に掲げて、しみじみそう思う。掲げ持って、自分の両手で包み込んだり、撫でたり、さすったり、甲に浮き出ている血管や骨や、手のひらの生命線を、なぞったりしてみる。

優雅な指。

というのは、こういう指のことを指して言う。

流奈はひとり、うっとりする。長さといい、形といい、全体的なバランスといい、さわったとき、さわられたときの感触といい、これ以上の指を持った人がこの世にいるとは、到底、思えない。

爪は十個とも、極端なまでに短く、切り揃えられている。指の先は流奈に、ちびた鉛筆の芯を連想させる。細長い指は男っぽいのに、先端はまるで赤ん坊みたいだ。このギャップがたまらなくいい。さわられているとき、に。

悪魔的に優雅な指先。

「何してんの、ルナ。またボクの手で遊んでる。何がそんなに楽しいの。ボクの指、そんなに珍しい？」

佐藤玲門《さとうれいもん》に名前を呼ばれるとき、流奈の耳には自分の名前が「ルナ」と、カタカナで聞こえる。僕も「ボク」としか聞こえない。流奈も玲門を呼ぶときには「レイモン」と、英語風な発音になる。

日本社会では中高年に仕分けされる年齢でありながら、若い男と、互いをファーストネームで呼び合うこの関係を、流奈は恥ずかしくは思っていない。照れはあるし、開き直りもある。けれど、自分にはこういう関係が似合っている、という自信と誇りもある。情事も睦言《むつごと》も、たとえ下品な行為であっても、それを私がやれば、上品になる。

ふたりは、ロンドンで知り合った。

単なる知り合いだった頃には、英語で会話をしていた。流奈は当時、玲門の母親が日本人女性であることを知らなかったし、玲門は、流奈が中国人なのか、韓国人なのか、ヴェトナム人なのか、日本人なのかに関心がなかった。もちろん、流奈の年齢にも。愛し合うようになってからは、流奈が日本人であることに大いに関心を示した。「ルナって、ちっとも日本人っぽくないね」と言いながらも「日本語で会話できるの、うれしいよ」「ねえ、日本のこと、もっと教えて」と。

「ルナ、もう一回したい？　高級な大人の遊び」

くるりと体の向きを変え、胸の上に覆いかぶさってきた男の両腕に抱きすくめられ、一瞬、息が止まりそうになる。抱きしめられたまま、首筋にキスをされ、耳たぶを噛まれる。耳の中に、舌が入ってくる。

悪魔的に優雅な欲望。

流奈の口から声が漏れる。女じゃなくて、これは雌《めす》の声。

そのあとに「やめて」と、人間の言葉を口にしたら、三十以上も年下の、不誠実で忠実な雄《おす》は、上品で下品な遊びを本当にやめてしまうとわかっているから、流奈は乱れそうな息を抑えて、みずから玲門の唇に口づける。

＊＊＊

座り心地の悪いソファーに浅く腰掛けて、彩江子は、フリーライターの「お仕事」に励んでいる。「今をときめくこの人の、トレトレぴちぴちトーク」と、鼻で笑いたくなるようなタイトルが付けられている、おじさま向けビジネス雑誌の巻頭インタビュー。

ピアノ演奏は『英雄ポロネーズ』から『幻想即興曲』に替わったところだ。

彩江子の斜向《はすむ》かいには、威張り腐っているノンフィクション作家が鎮座ましましている。組んでいる足がときどき小刻みに震えるのは、好きな煙草を我慢しているせいか。早いうちから身辺を整理し、ストックごみを溜めず、常にシンプルなライフスタイルを心がけ、老後は誰の世話にもならないで潔く死にましょう。というような、わかり切ったこと、あるいは、机上の空論的なことを小難しく書いただけの本がなぜかよく売れ、つい最近、ベストセラーリストにも顔を出した。

だから、旬の作家なのか。売れればいいってことか。作家も野菜とおんなじなんだな。トレトレぴちぴちだから、魚か。お客と魚は三日で腐ると言ったのは、どこの誰だったっけ。

などと、心の中では毒づきながらも、至って真面目な顔をして、彩江子は中年男性作家のおしゃべりに聞き入っている、ふりをしている。

退屈だ。

彩江子にとって、これはお仕事であって、仕事ではない。彩江子の定義によると、お仕事とは生活費を稼ぐためにするもので「仕事はね、使命感に駆られてするものよ。自己実現のためにね。それからこれが大事なんだけど、社会貢献のためにも」なのである。

いつだったか、大学時代の同級生で、友人でもある愛里紗の仕事部屋に招待され、いっしょにお茶を飲んでいたとき、彩江子は彼女にそう語った。どうしてそういう話になったのか、きっかけは忘れてしまったけれど、おそらく「彩江ちゃんって、いつも一生懸命、働いているのね。なぜそんなに仕事が好きなの」などと、薄く笑われるようにして問われたせいではなかったか。

――私はね、日本の女性たちが真の意味で、きちんと社会の中で評価され、もっときちんと幸せに生きていけるように、さまざまな問題を改善し、きちんと解決し、職場と家庭内における男女平等を実現し……要は、日本人女性の社会的な地位の向上のために、きちんと仕事をしていきたいと思っているの。そうじゃなかったら、女の仕事に、意味なんてなくなるでしょ。

――おんなの、しごと。

目をまん丸くして彩江子を見つめていた友人の、贅沢な暮らしに倦《う》んだような微笑みを思い出す。

今になって、気づく。愛里紗はあのとき、私の「きちんと話」に退屈していたんだと。

そうして、退屈でたまらない、延々と続く作家の自慢話のまっさいちゅうに、彩江子はつい仕事心を起こしてしまう。

「潔く死ぬというのは、誰にとってもあこがれだと思いますが、たとえば認知症になったり、体が不自由になったりして、他人の介護が必要になることもあるわけで、そういう場合にはどんな風にして、老後を生きていったらいいのでしょう。それ以前に、年老いた親の介護などは、誰がすればいいのでしょう。ぜひ、教えていただきたいです」

作家ははっとして、それまでは編集者と写真家の方ばかり見ていた顔を、彩江子に向けた。不意打ちを食らって、対応を決めかねている、といった表情になっている。

要は、あんたが潔く死ぬためには、あんたの愚妻の献身的かつ奴隷的な奉仕が必要不可欠なのではないですか、と訊きたいわけです。

口にはできない台詞を胸に秘め、彩江子は旬の男性作家に、お仕事用の、使い古しの笑顔を返す。

***

今朝、理由は定かではないけれど「きょうは遅めの出勤でいいんだ」と言った修のために、愛里紗は、これでもかこれでもかと手をかけて、夫曰く「愛情と優しさ満点」のブランチを作った。

マッシュルームとチェダーチーズとほうれん草を巻き込んだオムレット。イタリアンパセリを散らした、色とりどりのプチトマトサラダ。焼き立てのパンケーキの上には、バナナの輪切り、ブルーベリー、ラズベリーをたっぷり載せて、カナダ産のメイプルシロップを流し、修の好みのニカラグア産のコーヒー豆を手動のミルで挽いて、濃いコーヒーになるよう丁寧に淹れた。

ふたりで向かい合って食べ、修を送り出したあと、家の中を適当に整えてから、表参道にある、この仕事部屋にやってきた。修が個人投資用の物件として所有している七階建てのマンション。眺めのいい最上階の角に、修は愛里紗の仕事場を充てがってくれた。かれこれ七、八年前のことだったか。

特に急ぎの仕事もないので、本を読んだり、雑誌をめくったり、音楽を聴きながらぼーっとしたりしているさいちゅうに、修が朝食時に好んで食べるオーガニック製の全粒粉ブレッドと、夕食時に必ず「サラダとして添えて欲しい」と頼まれているカーリーケールを切らしていることに気づいて、じゃあ、買い物にでも行こうと、車を呼んで、駅前のスーパーマーケットまで出かけたとき、入り口付近に並んでいたミニ薔薇に目が留まった。

愛里紗を夢中にさせてくれるものは、料理のほかには、ガーデニング。

自宅の庭はとても広いので、一部を除いて専門業者に任せている。このマンションのベランダでは、手ずから植物を育てている。自宅の庭は、人に見せるためのもの。ベランダの庭は、自分ひとりのためのもの。だからこそ、この上もなく美しくしておきたい。

春のガーデニングは、三月の初めに抜かりなく済ませてあった。

赤いサルビア、白い撫子、紫色のペチュニア、黄色のマリゴールド。壺の色と形に、花の色と形を組み合わせて、愛里紗の基準では「この上もなく美しく」植え込んだ。

ただ、計算して買ってきたはずの苗が少し足りなかったようで、ひとつだけ、ブルーの壺が空いたままになっていた。それで「あ、ミニ薔薇」と吸い寄せられてしまい、買い求めるとブーメランのように舞い戻ってきたのだった。

その時点で、修のブレッドとケールのことは、頭からすっぽり抜け落ちていた。そんなものは「あと回しでいい」と、エレベーターに乗っているとき、愛里紗はくすりと笑うような言い訳をした。

だって、この薔薇たちは、この子たちは、生きているんだもの。一刻も早く、植え替えてあげなくちゃ。あしたは雨になりそうだから、ちょうどいい。植え替えたあとの雨は植物にとって、恵みの雨になってくれる。

——愛里紗は、人には冷たいのに、植物には限りなく優しいね。

今は青く、晴れ上がっている四月の空を見上げながら、いつだったか、修に言われたことを、ふと、思い出す。

あの人は、私の関心にはなんの関心もなく、妻の考えていることなど、何もわかっていないかのように見えて、その実、私の正体を見抜いているのかもしれない。

そう思ってから、即座に打ち消す。

そんなの、私の深読み。あの人には、なんにも見えていない。だいたい、見えていようが、いまいが、私には関係のないこと。

＊＊＊

シャワーを浴びたあと、肩からバスタオルを掛けただけの格好で、ベッドサイドまで戻ってきた玲門から差し出されたのは、一個のオレンジだった。

「ルナ、これ、食べる？」

「うん、食べる」

流奈の声は、たっぷり潤っている。でも、喉は渇いている。

「じゃあ、私、お茶を淹れようか」

終わったあとで玲門は、温かいお茶を飲むのが好きだ。高級な大人の遊びのあとは、優雅なお茶の時間。

身を起こしかけた流奈を、玲門は優しく制する。

「あとでいいよ。先にオレンジ」

乱れたシーツとシーツのあいだで、だらしなく寝そべったまま、流奈はオレンジを受け取る。受け取って、ごわごわした皮を見つめる。

「これは」

「ブラッドオレンジ。珍しいでしょ」

半分はオレンジ色をしている。残り半分は紅く染まっている。血を流しているようにも、鬱血しているようにも見える。だから、血のオレンジ、なのか。

「珍しいね、どこで見つけたの」

「午前中、打ち合わせのあと、デパートの地下で。ルナに食べさせたいと思って、いっぱい買ってきた」

ほぼ二週間ぶりの帰宅の日に、わざわざデパートに立ち寄って、これから抱く女のために、珍しい果物を買い求めている麗しい男の姿を想像すると、流奈の胸には、愛おしさが湧き出てくる。

「むいてあげようか、ここで食べる?」

問いかけながら玲門はオレンジを奪い、バスタオルを床に落として、流奈の隣に滑り込んでくる。上半身を起こした流奈の裸の肩にちょこんと唇を当てたのは、もうちょっと横にずれて、という意味だろう。

「待って、私がむいてあげる」

ずれながら流奈は、玲門の手から、血のオレンジを奪い返す。極端に短くしてある玲門の爪では、この皮は破れない。爪も指も大事にしてもらわないと困る。だって、あなたは私の専属ピアニストなのだから。

尖った爪を皮に突き立てて、流奈は思い切り引き裂く。あたりにシトラスの香りと果汁が弾け飛ぶ。果肉は、濃い赤紫色をしている。

「きれいだね」

「悪魔的にきれい」

「ルナの指、血だらけになっちゃった」

玲門は流し目で流奈を見ながら、恋人の人さし指と中指をぐいっとつかんで、自分の口の中に入れる。

＊＊＊

「はぁっ、お疲れさまでした。ここだけの話だけど、ほんっとに下らないインタビュー、中条さんのおかげで、なんとかつつがなく終わらせることができて、ほっとしてます。あんな底の浅い、人工甘味料みたいな作家を相手に、そつなく仕事ができるのは、中条さんだけです、ほんと」

　編集者の勤務している出版社のある神保町までいっしょに電車で戻ってきて、社屋の一階にある喫茶店に落ち着くと、彼女はまず彩江子を労《ねぎら》ってくれた。

「こちらこそ、ありがとう。時代錯誤が甚だしくて、途中で何度か切れそうになったけど、うまく助けてもらえてよかった」

　五つ年下の彼女のことを彩江子は、同志だと思っている。独身で、仕事ひと筋。この人は、信頼に値する女性だと。

　とはいえ彩江子は「女性である」というだけで、相手を信頼したりはしない。かつて、仕事仲間だった女性から、手痛い仕打ちを受けたことがある。互いに駆け出しのライターと編集者だった頃から、励まし合ってきた間柄だったのに、転職先で編集長に抜擢されたとたん、彩江子を見下すようになった。裏切られた、と思った。どんなに忙しくても、メールの返事くらい書けるはずだし、実際に一分で済ませられるはずの返信さえ、寄越さなくなった。編集長って、そんなに偉いのか、と、地団駄を踏んだ。

この人は違う、と、彩江子は思っている。

――結婚と出産だけで、女性が幸せになれるはずなんて、ありえませんよね。

――その通りよ。だから私は、どちらもしないつもり。仕事に生きるの。

――私もです。でも、日本ってね、世界各国の中では、下から数えた方が早いくらい、女性の社会進出度のランクが低いんですよ。ショックでした。改善していかなくちゃならないと思っています。

この人と私はそんな会話を交わせる「前向きに怒っているフェミ仲間」なのだ、と。

注文を取りに来た店員に、彩江子はアイスコーヒーを、編集者はアイスココアを頼んだ。

表通りに面した座席には、西陽が淡く射し込んでいる。ガラス窓の外側に掛けられているプランターの中では、桜草が咲き揃っている。色はピンクと白。乙女の色だ。

なんとはなしに見とれていると、ふいに、編集者の言葉が舞い飛んできた。

「あの、きょうは、中条さんにご報告しなくてはならないことがあります。失望させちゃうとわかってるんだけど……」

失望。

驚いて編集者の方を見ると、すでに彼女は頭を下げている。しかも深く。前髪で隠れてしまって、表情は見えない。ただ、悪い予感だけがする。悪い予感というのは決まって当たる。いい予感が当たったためしはないのに。

掠れた声で、彩江子は尋ねた。

「どんなこと、報告って」

聞きたくない話を聞かされるのだとわかっている。

聞きたくない話を聞かないままで、見たくないものを見ないままで、知りたくないことを知らないままでいる方が幸せだ、というような考え方は「卑怯だ。許せない」と、彩江子は常日頃から思ってきた。たとえば、夫の浮気を知らぬが仏で通そうとする、妻なる女性たちに対して「そういう幸せは、不幸せよ」と、主張してきた。「そんな考え方をしているから、いつまで経っても、女ってそういうものだって思われて、女の幸せを勝手に定義されるのよ」と。

しかし今、この瞬間だけは、そういう幸せを選びたいような気がしている。

＊＊＊

この、プラムシャーベットの薔薇の花言葉は「天使のため息」ね。

ミステリーレッドの薔薇の花言葉は「秘められた情事」かな。

ガーデニング用のエプロンを外しながら、愛里紗は小さく、乾いたため息をつく。

花言葉を考えるのは、嫌いじゃない。たとえば、黄色い薔薇は「乙女の祈り」で、白い薔薇は「愛の余白」で、野薔薇は「無邪気な恋」かしら、と、次々に思い浮かべながら、薔薇には、なんて夢見心地な言葉が似合うのだろうと、あきれてしまう。まるで少女漫画ね。でも、だからこそ、私は薔薇が好き。

美しいものは、夢見心地でなくてはならない。

目の前で、きれいな薔薇が咲き揃っている。これから、さらさらの血液みたいな色がお気に入りの、ローズヒップとハイビスカスのハーブティを淹れて、このベランダで、エレガントなティータイムを過ごす。イギリスのベッド・アンド・ブレックファストに滞在している、ひとり旅の女のように。ここは東京だけれど、気分はロンドン郊外。

素敵な時間、と、愛里紗は他人事のようにそう思う。優雅な素敵。素敵な優雅。素敵は「孤独」とも言い換えられる。配偶者がいるのに孤独、ということの素敵さ。

仕事は、装幀。趣味は、料理とガーデニング。

だけど、どちらが仕事で、どちらが趣味なのか、愛里紗の内面では、区別ができていない。そういう状態が愛里紗にとっては、好もしい。

強く欲していたわけでもないし、これといった努力もしなかったのに、気が付いたら手にしていた、完璧なまでの幸福。お金儲けが大好きで、ざくざく使うのが得意で、頼りになる、働き者で怠け者の夫。女子大を出たあと、デザイン事務所で働いていた二十代の半ばに、結城家からぜひにと望まれて、結婚した。修は三男で、姑と舅との同居も必要なし。夫婦揃って、子どもは欲しくないと思っているから、いないに越したことはない。文京区の一等地にある、二台分のガレージと広い庭付きの一戸建ての家。

そして、この、美しい仕事部屋。

高いものと安いものが並んでいれば、迷うこともなく高い方に手を伸ばす。高い製品の方が決まって「美しい」からだ。値段や品質は大きな問題じゃない。それよりも、自分の美意識に適っているかどうかが大事。人からは「贅沢な暮らしね」と、羨ましがられている。けれど、贅沢という言葉は、愛里紗の辞書には載っていない。愛里紗にとって贅沢とは、普通のことであり、退屈なことでもある。

ああ、気持ちいい。きれいな空。

ベランダに立って見上げると、手が届きそうなほど近いところで、飛行機雲がぐんぐん伸びてゆく。白いクレヨンで、水色の画用紙に、線を引っ張っているかのように。すでに引かれた線は滲んでぼやけて、千切れて、途中で迷子になっている。

どこかへ行きたいな、ひとりで。

でも、どこへ。

たとえば、日本からいちばん遠く離れたところにある南の島なんて、どうかしら。そこで、迷子になってしまう。そういうのが本当の贅沢、なのではないかしら。

生まれてこの方、ひとり旅など一度もしたことがないくせに、これから先もすることはないだろうとわかっているのに、まるで旅慣れた女のように、愛里紗はそんなことを思っている。

「じゃ、行ってくるね」

「行ってらっしゃい」

玲門の頰に、行ってきますのキスをひとつして、流奈は一階に降りていく。玲門が買ってきてくれたブラッドオレンジを盛り付けたガラスの容器を手にして。このオレンジを使って、ギムレットを作ろうと思っている。「今宵のスペシャルカクテル」として。

＊＊＊

流奈の出勤時間はだいたい、午後三時半から四時くらいのあいだ。

仕事着は、ブルージーンズに、白か黒のTシャツに、スニーカー。丁寧に塗った、リップグロス。それ以外の化粧はなし、アクセサリーもなし。塗りたくる化粧も、飾り立てるアクセサリーも、卒業してしまった。バーテンダーは、黒子に徹しなくてはならない。つまり私はお客を引き立てる存在。

ピアノバー「水無月」は、六人で満席になるカウンターのほかに、ボックス席がふたつだけの小さな店だ。十年ほど前に、バー業界をリタイヤした経営者から買い取って、ピアノを置けるように改装し、オープンさせた。以来ずっと、ひとりで切り盛りしている。

営業時間は、午後五時から夜中の十二時まで。

最後のお客がなかなか帰らないこともあって、そういう日には一時、二時まで長引くこともある。それはそれで良しとしている。どんなに疲れていたって、トントントンと二階へ上がっていけば、そこには心地好いベッドが待ってくれているのだから。

一階ではすでに、開店前の清掃だけを頼んでいるスタッフが出勤して、床にモップをかけているところだった。

「こんにちは。いつもありがとうございます」

スタッフに挨拶をしてから、てきぱきと、開店準備を進める。

グラス、コースター、シルバーウェア、ナプキン、食器類を調《ととの》え、酒類、おつまみ、氷、食材などの在庫を確認する。店では軽食として、パスタとサンドイッチを出している。確認後、必要なら注文したり、買い物に行ったりする。きょうは花を買いに行った。戻ってきてから、郵便物やメールをチェックし、経理関係の雑務をして、レジをあける。

五時五分前。清掃と開店準備がほぼ同時に終わる。

最後の仕上げとして、アップライトのピアノの上に花を置く。

今夕、青磁の一輪挿しに活けたのは、あざやかなオレンジ色のガーベラ。

＊＊＊

報告の内容は、結婚ではなかった。妊娠でもなかった。退職でもなかった。

「本当にごめんなさい。私もなんとかしなくちゃと思って、社内を駆けずり回って動いてみたんですけど、力及ばずでした」

彩江子が企画立案し、編集者が会議に提出して、編集長の許可をもらっていた連載ルポの仮タイトルは「弱者のための幸福な社会とは」だった。障害のある人たち、性的虐待を受けたことのある女性たち、ひとり暮らしの高齢者、セクシャルハラスメントやパワーハラスメントの被害に遭った女性たちの話を聞いて、そこから見えてくるさまざまな問題点を炙《あぶ》り出そうと考えていた。編集長は「同性愛やトランスジェンダーにまつわる話題も入れるといいね」と、乗り気だった。あとは、部長と局長が許可すればいいだけになっていた。部長は女性、局長は男性。局長が難関かな、というふたりの予想を裏切って、企画にストップをかけたのは、女性部長の方だったという。

彩江子がどうしても納得できないと思ったのは、没にされた理由だった。

「時代の気分と大きくずれている。こんな暗い企画、今の人たちは求めていない。ネガティブな側面ばかりに光を当てるようなやり方は、古い。とにかく、ださい、暗い、古い、の三点張りなんです。こんなものを出しても、雑誌は売れっこないと言われて、売り上げを問題にされると、弱くて。同僚も巻き込んでがんばってみたんですけど、どうしても切り崩せませんでした。本当に申し訳ないです」

「いいの、謝らなくていい。あなたのせいじゃないんだから」

だけど、本当は、あなたのせいなんじゃないの。もしかしたら、あなたがこうなるように仕組んだ？　あなたは私の味方のふりをしているだけ。ああ、こんなことを思う私こそ「女性の敵は女性」と、男たちに言わせてしまう女に成り下がっている。

管理職になったとたん、彩江子を軽んじた女の顔が浮かんでくる。虚しくメールの催促をし、虚しく返信を待ち続けていた日々を思い出す。たかがメール、されどメール。管理職になって、どんなに忙しくても、たった一行のメールが書けないはずはない。なのに、書かない。書こうとしない。かつては、苦労を共にした仕事仲間に対して、どうしてここまで変わってしまえるのか、どうしてここまで、女が女を足蹴にできるのか。

思い出したくないことばかりを思い出してしまう。

編集者と別れて、神保町からタクシーを拾った。

書籍や資料のぎっしり詰まった鞄を抱えて、混んだ電車で帰る気力など、残っていなかった。編集者から言い渡された宣告のせいで、疲れも鞄も二倍の重さになっている。

車の後部座席で、額と胸に手を当て、うつむいたまま、彩江子は組んでいる両足を見るともなく見る。薄手のタイツの脹脛《ふくらはぎ》のあたりに、伝線が一本、走っている。

くやしい、情けない、むしゃくしゃする。

「憤懣《ふんまん》やる方ない」という言葉は、今の私のためにあるに違いない。

キュッとタイヤの軋む音がして、タクシーが止まった。

「お客さん、このあたりでよろしいでしょうか。この先、工事中で渋滞していて、停車しにくくなってますんで」

根津一丁目の交差点の少し手前だった。

ここからだと、千駄木にあるマンションまで、重い足を引きずって歩くことになる。タクシーを使った意味がない。うんざりしながらも彩江子は「はい、いいです」と答えた。運転手と会話するのも煩わしく思えたから。

支払いを済ませて車を降りると、目の前に一枚のドアがあった。

ピアノの形をした黒い看板に、銀色の文字で「水無月」と書かれている。

＊＊＊

ガーデニングのあと片づけを終えると、愛里紗は、バスソルトをたっぷり入れたバスに浸かった。ヒマラヤ産の桜色の塩に、くちなしの香りを付けたもの。

お風呂から上がって、さっぱりした体にまっ白なコットンの部屋着をするりと着て、ベランダで花たちに囲まれてお茶を飲んだら、今度こそスーパーでブレッドとケールを買って、家に帰ろうと思っている。

夕食には、修の好物のパエリアを作ることにした。とはいえ、夫に好物を食べさせてあげたい、というような殊勝な気持ちからではない。修が今夜、家で食事をするのかどうかも、定かではない。それでも、愛里紗の心は弾んでいる。おそらく、夫の好物を作っている自分が好き、ということなのだろう。

香り立つバスタブの中で、すべすべした太ももや、胸や肩や腕に自分の手で触れながら、愛里紗は料理の手順を思い浮かべてみる。

お米は洗わない、炒めない。トマトの皮は湯むきにして、海老の殻は付けたまま。そこまで思ってから「ふふっ」と、頬をほころばせる。

仕事部屋に来ているのに、これじゃあまるで、専業主婦みたい。

このところ、装幀の仕事は、とんとご無沙汰。でもそれでいい。それがいい。

専業主婦という言葉を、愛里紗は彩江子のように毛嫌いしていない。かつてそうだったことのある女子大生と同じで、肌にしっくり来る響きがある。嫌いな言葉は、キャリアウーマンとワーキングマザー。「ウーマン」なんて一生、呼ばれたくない、と、大学時代から思っていた。今は、我が物顔に虚勢を張っている「ワーママ」に、一生、縁のない人生でよかった、と、お湯の中に沈んでいる肢体を眺めながら、愛里紗は思っている。キャリアウーマンかどうかは別として、年中あくせく働いているように見える彩江子のことは、かわいそうとしか思えない。

　忘れた頃にやってくる依頼に応えて、細々と仕事をしている装幀家。この職業と「夫は遠景」の結婚生活が気に入っている。

　――愛《あい》ちゃんは、天災装幀家だね。

と、妹の英里華《えりか》から、からかわれたことがある。

　英《えい》ちゃん、どうしてるかな。

　バスタブから上がって、全身の映る姿見の前で、愛里紗は、自分にそっくりな手足を持っている妹の体を想像してみる。顔つきや体つきはそっくりなのに、性格や考え方は似ても似つかない双子の妹。

　英ちゃん、こと、島崎《しまざき》英里華は、十年ほど前から、アメリカで暮らしている。ロサンジェルス、サンフランシスコ、サンタフェ、セドナ、そのあと、シカゴ、そして現在はニューヨークシティ。この、西から東への移動にどういう事情があるのか、愛里紗には想像もつかない。恋人がいるのかどうかも、知らされていない。

　英ちゃんには、シングル、なんて言い方よりも、独り身がお似合いだわ、と、愛里紗はよくそう思う。双子の片割れだから、独り身。

いったいどんな仕事をして生計を立てているのか、何度、説明を聞かされても理解できない。今は、関西にある会社が製造している「ファッション関係の細かい商品あれこれを、マンハッタン在住のデザイナーに売り込んでいるの」ということだった。

――あのね、愛ちゃん、双子っていうのはね、できるだけ遠く離れて暮らすのがいいんだよ。その方がふたりとも幸せになれるの。

いつだったか、愛里紗が妹から告げられた、これがアメリカ移住の理由だった。

***

「いらっしゃいませ」

「こんばんは」

午後五時半を少し回った頃、今宵、二番目のお客が入ってきた。

一度も見たことのない顔だ。ひどく疲れている。髪の毛が傷んでいる。一生懸命、働いている女は身ぎれいにはしていても、髪と肌は傷んでいることが多い。

「さ、どうぞ、こちらへ」

流奈は彼女を、マーブル柄のカウンターの左の端へと案内した。入り口からいちばん遠い。ひとりだと、そこがどこよりも落ち着ける。

「お疲れさま」

優しく声をかけながら、カウンター越しに、熱いおしぼりを渡す。

「仕事の帰り？　それともこのあとデート、かな」

茶目っ気たっぷりにそう言ってみる。これはサービス業の鉄則。まずはお客の気分をほぐしてあげなくては。

「あ。はい、いえ、仕事帰りです」

女性客は素っ気なく答えて、不安そうな目つきで店内を見回したあと、

「あの、メニューはありますか」

と、すがるような口調で言った。

「もちろん、ございます」

ひとりでバーに入ってお酒を飲むなんて、あんまりしたことがないのだろう。何かいやなことがあったのかな。会社でいじめられたとか、彼氏に約束をすっぽかされたとか、信頼していた仕事仲間に裏切られたとか。

かわいそうに。

狼に、食われそうになった赤ずきんちゃん。でも、若いときの苦労は、買ってでもしておくものよ。どんなに泣かされても、あとできっと、その涙はあなたを輝かせる真珠の粒になってくれるから。

私がそうだったように。

なんて、余計なお世話よね、などと思いながら、流奈は過去の自分に向かって、メニューを差し出す。涼やかな言葉と共に。

「はい、どうぞ。カクテルはこちらから。お食事も、簡単なものでよろしければ、ご用意できます。ゆっくりしていって下さいね。あとで、ピアノも入ります」

ここでお酒を飲んで、ちょっぴりくつろいで、鎧を一枚ずつ脱ぎ捨てていけば、本来あなたの持っている原石の輝きに気づくはずよ。あなたは、自分の魅力に、まだ気づいていないだけ。

流奈は、いつもそうするように、目の前の女性をひそかに見立てた。

四十代のキャリアウーマン。離婚経験あり。恋人なし、結婚の予定なし。目下のところ、仕事が恋人。でも、気になる人はいる。この人に想いを寄せている人もいる。

流奈の見立ては、ぴたりと当たることもあるけれど、大きく外れることもある。

＊＊＊

年齢不詳。

軽く五十は越えているだろう。もしかしたら、六十代か。おそろしいくらい、きれいな人。どうやったら、こんなにみずみずしい肌と、こんなにスリムな体形を保っていられるのだろう。ああ、こういう風に年を取れたらいいな。

それが「水無月」の女性バーテンダーに対する彩江子の第一印象で、その印象はその夜、店をあとにするまで変わらなかった。

最初の一杯として、今宵のスペシャルカクテル、ブラッドオレンジのギムレットを飲んだ。口にするとオレンジの香りがぱぁっと広がって、舌には尖った氷の粒みたいなジンの感触があって、喉越しはきわめてほろ苦い、強いお酒だった。

二杯目は、彼女に薦められるまま、ドライマティーニにした。

「フレーバーの付いたカクテルと、ストレートに近いお酒を交互にいただくと、どちらも美味しく感じられます。これがお酒の優雅な楽しみ方」

知らなかった、そんなこと。この年齢になるまで、ひとりでバーに入ったことすらなかった。お酒は付き合いで飲むものだと思っていた。

三杯目のカクテル、マンハッタンを飲みながら、彩江子は自分に問いかけてみる。

私の生き方は、間違っているのだろうか。

真面目過ぎて面白みに欠ける、と、口さがない人たちから言われながらも、考え方と行動を一致させたい、志と思想を持っている女性でありたい、常にそう思って、自分を律しながら、生きてきた。そうしないと、自分が切り捨ててきたものに対して申し訳が立たないし、失ったもの、犠牲にしたものが無駄になると思って。

それのどこが間違っているの。

ださい、暗い、古い。編集者の放った三語が彩江子の脳内にこびり付いている。

無論、あれは私の性格や生き方に対する批判ではなかった。けれども、私は硬い、融通が利かない、優雅には程遠い、ということも、わかっている。これからはこれに、老いが忍び寄ってくる。容赦なく。つまり、醜い、弱い、脆い、が加わってくる。それでもひとりで潔く、我が道を歩いていけるのか。

たとえば、この人のように。

六時半を過ぎてから、ぱたぱたと姿を現したお客の対応をしながら、カウンターの向こうできびきび働いている女性バーテンダーに、彩江子はさっきからずっと、見とれている。体や手足の動きが美しい。バーテンダーであり、経営者でもあるのだろう。独断で、この人はシングル、と決めつけている。

仮にこの人の年齢を五十歳だとすると、私よりもひと回り上。あと十二年、いったいどんな風に生きたら、こんな風になれるのだろう。余計なものを削ぎ落としていけばいいのか。それとも何かをるいるいと、積み重ねていけばいいのか。この人を内側から輝かせているのは、いったいなんなのだろう。

男。

やっぱり、それ？

彩江子はバッグの中からスマートフォンを取り出して、男の名前を探し始める。こういうときに気軽に呼び出せて、呼び出したら気軽に乗ってくれるような男を。

信条と行動が矛盾している、と、わかっている。こんなときに、ううん、どんなときにも、男の力なんて、借りるべきじゃない。わかっている。わかっているのに、指が勝手に動いてしまう。

女では駄目なのだ、こういうときには。

女同士で集まって、互いの愚痴や悩みを打ち明け合う。わかってもいないのに「わかる、わかる」と言い合う。それでは女性問題は何も解決しない。女はひとりで物を考えなくてはならない。ひとりで物事を決めなくてはならない。決めたら実行する。決して女に相談したりしない。ひとりでいると美しい女でも、連《つる》むと醜くなる。交尾《つる》むのは、男と、でなくては。

酔ったせいだろうか。ふだん思っていることとは正反対の声が胸の中でこだましている。まるで自分で自分を裏切っているかのように。

私は、がんばり過ぎているのではないか。

私はもう少し、ゆるんでもいいのではないか。

もう少しいい加減に、だらしなくなっても。

＊＊＊

広々としたキッチンで、パエリアの下ごしらえをしながら、茜色からすみれ色に染まっていく、窓の向こうの空と、窓のこちら側にいる自分と、自分を取り巻く世界をひとまとめにして、愛里紗は問いかける。

幸せって、何色。

とびきり幸せなアラフォーって、何色。

とびきり幸せ、ということはつまり、ちまちました不幸から目を逸らす能力、見て見ぬふりのできる才能があるということ。あるいは、気づいていないふりをし続けているうちに、本当に鈍感になってしまった、ということ。

というような、理屈っぽい友人の彩江ちゃん、こと、中条彩江子のいかにも言い出しそうな論理は、愛里紗には、雲をつかむような言い草としか思えない。

――愛里紗は問題意識がなさ過ぎる！　いい年をして、実家からも旦那からも、自立できていない。そんなことでいいと思ってるの、いったい何を考えて生きているの、何も考えてないんでしょ。

そんなこと言われたって、そもそも、なんの問題もない人生に、なぜわざわざ自分で問題を作らないといけないのか、愛里紗には皆目わからない。何も考えないで生きていることの、いったい何がいけないのか。

悩んでいる人というのはみんな、自分が悩みたいから、悩んでいるように、愛里紗には見えている。泣きたい人は泣けばいいのだし、笑いたい人は笑っていればいい。夫が外で何をしていようが、いまいが、家の中にいるとき、自分のそばにいるとき、明るくて優しければそれでじゅうぶん。健康で、お金をたくさん稼いでくれたら、なおいい。

そう思うことのどこがいけないのか、というようなことは、しかし実のところ、愛里紗の関心事ではない。

愛里紗が関心を抱いているのは、美しいか否か、それに尽きる。美しいものに囲まれていれば、それだけで幸せ。

だから、幸せの色は、薔薇色。

——そんなことだから、女性を取り巻くさまざまな社会問題がちっとも改善されないのよ。いい？　家庭内でも会社内でも、男女差別と年齢差別とセクハラが蔓延《はびこ》っていて、先進国の中でいちばん女性の地位が低いと言われている国は、日本なのよ！

フリーライターとして「ジェンダー研究と女性問題」に真剣に取り組んでいるとい

う彩江子の、鼻息も荒い発言に、愛里紗はいつも、

――まあ、あなたも大変ねぇ。

のほほんと返しては、

――愛里紗はのれんに腕押し！　だらしない！　女の敵！

と、目を三角にされ、叱責されている。

それでも愛里紗は彩江子を嫌いになれない。数少ない友人のひとりだと思っている。

もしかしたら、たったひとりの親友、なのかもしれない。

社会に裏切られ、女に裏切られ、男に裏切られながらも、なお、社会を信じようとし、女を信じようとし、男を信じようとして、彩江ちゃんは一生懸命、生きている。

私には微塵もない、私とは似ても似つかない、あの頑固さ、一生懸命さがいい。

＊＊＊

まるで猫が降りてくるみたい。

二階から一階へ降りてくる玲門の足音を聞きながら、流奈は壁の時計に目をやる。

午後七時。

今から一時間ほど、そのあとに休憩をはさんで九時から十時過ぎまで、気が向いたらもっと遅くまで、玲門はピアノを弾く。

ジャズの日もあれば、クラシックの日もある。常連客から出されたリクエストに応えて、フォークやロックやカントリーなどを適当にアレンジして弾くこともあるし、知らない曲をリクエストされても、タブレットで検索して譜面を呼び出すことさえできれば、即座に弾いてみせる。

ロンドンで知り合って、パリに移り住んで、屋根裏部屋のアパルトマンでいっしょに暮らしていた頃には、学生街のジャズクラブで弾いていた。ドラムとベースと玲門の三人で組んでいたバンドの名前は「ザ・ストレイキャット」だった。野良猫バンドのドラムはレズビアンのめす猫で、ベースはゲイのおす猫で、玲門はバイセクシャル。

シェイカーを振りながら、流奈は玲門にまっすぐな視線を送る。

レイモン、今夜もとっても素敵よ。あの頃とちっとも変わらないね。

玲門からは、波のような視線が返ってくる。

ルナも素敵だよ、あの頃よりも、もっとね。

母と息子ほど年の離れた、悪魔的に優雅な野良猫。

ときどきふっといなくなる。いなくなったら、いつ帰ってくるか、わからないけれど、帰ってきてさえくれたら、それでいい。私のそばにいるときだけは、公私共に私の専属ピアニスト。それでいい。

玲門は弾き始める。ドビュッシーの『夢』から入っていく。

『夢』のあとは『月の光』だ、きっと。

今夜もふたりでいっしょに働いて、同じベッドで眠れることの幸せに、流奈は一瞬、恍惚となる。

第二話　ちょっと変わったリクエスト

A Strange Request at a Piano Bar

「玉木《たまき》、何してる、早くおいでよ。洗い物なんか、あとでいいじゃない。時間がもったいないよ。そんなもの、ほったらかして、いいからおいで」

ベッドの中から、上半身はすでに裸になっている結城修に呼ばれて、玉木まりもは喜びを隠し切れない、ように聞こえるはずの声を出す。

「はぁい、修くん、今すぐ行くね」

修くんは、会社では「結城さん」だ。まりもは、会社の中でも外でも「玉木」である。

知り合ったばかりの頃、言われた。

——まりもって、いかにも、って名前だよな。

——いかにもって、どういう意味ですか。

答えは返ってこなかったけれど、いかにも少女漫画、いかにも風俗産業。どっちかだったのだろう。別にどっちだって、いいけど。

「遅いよ」

「待ってってたら。修くん、せっかち」

自分の体のどこから、こんなにも甘い、とろけそうな声が出てくるのか、ちゃんちゃらおかしくて、笑ってしまう。笑いながら、小走りで、嬉々として、ベッドへ向かう。しっぽとお尻の両方を、ちぎれんばかりに振っている子犬みたいに。

お付き合いを始めて、そろそろ一年か。

会社では「男も女も関係ない。俺は能力だけしか見ていない」が信条であるはずなのに、プライベートでは、べったり甘える女がお好みだと判断したから、ずっとそういう風に振る舞っている。ベッドの上で女の名前を苗字で呼んで、勝手に興奮するタイプ。修曰く「ちょっと面白いこと」を試すのが好きで、果たして今夜はどんなリクエストをされるのか、好奇心がないこともない。

修から連絡が舞い込んできたのは、夕方の六時過ぎだった。

まりもは部屋にいて、隣町の代官山にあるイタリア料理店で買ってきた、チーズ類、ルッコラとアーモンドと干し葡萄のサラダ、わかさぎとブロッコリーのカルピオーネを並べて、あとは、ワインとデザートを持ってやってくる友だちを待つだけになっていた。

金曜の夜。女ふたりの「イタリアンナイト」で盛り上がる予定だったのに。

《今から行けそう。体あいてるか。》

LINEで入ってきたメッセージを読んで、急遽、予定を変更した。

修は「時間あいてるか」じゃなくて「体あいてるか」と訊く。昭和の男だな、と、知ったかぶりをしてまりもは断定する。

《もちろん、すぐに来て。》

大学時代からの友人、加賀櫻《かがさくら》とは、こういうときにはお互いに、許し合い、認め合いましょうね、という了解が成立している。

ガールズ・アグリーメント。

＊＊＊

「ごめん、待ったかな」

表通りに面したドアがあき、姿を現した世良晴人《せらはると》は、彩江子の姿を目に留めるなり、そう訊いた。柔らかい視線をまっすぐに、彩江子の瞳に当てながら。

中条彩江子はそのとき頬に、五月の風を感じた。本当にドアの向こうから薫風が店内に流れ込んできたようでもあったし、晴人の笑みが彩江子のためだけに優しい風を運んできたようでもあった。

なんなの、この優しさは。これって、私のためのもの？

そんな疑問はおくびにも出さず、彩江子は、晴人の肩のあたりを見ながら言った。まぶしくて、とても顔を見ることなどできない。

「とんでもない。さっき来たばかりよ。世良くんこそ、ずいぶん早いじゃない」

約束の時間は、午後六時。今はその十分ほど前。

彩江子はもっと前から来ていた。ふたりのために、いちばんいい席を確保しておきたくて。久しぶりにクローゼットの奥から出してきた、初夏にふさわしいワンピースを着ている。

晴人は、水色のダメージジーンズに、オフホワイトのTシャツと、オリーブ色のカジュアルなジャケット。特別なお洒落をしないのが自分にいちばん似合いのお洒落なんだと、わかっているんだな、この人は。

なんて足の長い人なんだろう。

素直に感心しながら、これって若い女の子を値踏みするおじさんの感覚かも、と、素早く自己批判する。女性バーテンダーに促されて、彩江子の右隣に、滑り込んでくるように腰掛けた晴人に動悸を気取られないよう、わざと素っ気なく声をかける。

「バイト先から、直接？」

「じゃなくて、きょうは写真の仕事があって。たまたま大手町で終わったとこやったから、電車一本で来られました」

彩江子がときどきいっしょに仕事をしている写真家の、晴人は助手を務めている。それだけでは食べていけないので、レストランでのアルバイトのほかに、ビルの警備の仕事もしているという。

「機材は？」

「ああ、現場に置かせてもらいました。デートに機材持ち込みなんて野暮やし、どうせあしたもそこで仕事があるから」

これって、デートなんだ。デートなんて、私にとっては死語同然の言葉だと思っていたのに。

「忙しいのに、本当にありがとう。わざわざ来てくれて、うれしい」

会えてうれしい、とは言わない。言うと、押し付けがましく聞こえる。物欲しげに聞こえる。それくらいは、わきまえている。

「こちらこそ。このあいだは、せっかく中条さんから誘ってもらったのに、出てこられへんかったし、くやしかったし、その埋め合わせもしたくて」

くやしかったの？

もう、それだけで舞い上がっている私って、どういう女。

「埋め合わせだなんて、そんなこと。あの日は私が突然、一方的に誘っただけなんだから、気にしないで」

大切に温めてきた企画を理不尽な形で没にされ、むしゃくしゃした気分のまま、衝動的に入ったこのバーの、この座席から、酔った勢いで晴人にメールを送ったのは、先週のことだった。いつだったか、仕事仲間たちと飲みに行ったとき「今度、ふたりでゆっくり飲みましょうよ」と、晴人から言われていたことを思い出して。

《いきなりだけど、今から出てこられる？　今、根津で飲んでるところです。訳あってひとり。いいえ、訳なんてありません。》

重い心とは裏腹に、できるだけ軽く、誘ってみた。

その日は「今夜はずっと、朝まで警備のバイトなので」と、あっさり断られたものの「次は絶対に」と逆に提案され、きょうの約束が成立していた。

意気消沈した日々を、彩江子はこの約束を支えに、乗り切ってきたのだった。

＊＊＊

このあいだ、初めて来た女性客だ。ちょっと、とんがったところのある、陰影のある美貌。意志の強そうな瞳と、細面を見た瞬間、水無月流奈は思い出した。

早い時間にひとりで来て、ひとりで飲んで、ひとりで帰っていった。誰かに連絡をして、呼び出そうとしていたけれど、うまく行かなかった。

最初のうちは、かわいそうなくらい疲れていて、しょんぼりしていたけれど、飲みながら、飲ませながら、ぽつりぽつりと話をしているうちに打ち解けてきて、すると、知性のかけらが大理石のカウンターの上にこぼれ落ちてきて、彼女を輝かせた。

私の見立ては当たっていた、と、流奈はうしろ姿を見送りながら微笑んだ。ひとりが似合う人、と思った。流奈の基準では「いい女」ということになる。

きょうも五時半過ぎにひとりで来た。

あとから相方がやってきた。彼女が今宵のスペシャルカクテル、柚子のギムレットを飲んだあと、二杯目のブルームーンを飲み始めたところだった。

彼は彼女の手もとのカクテルグラスに目をやって、

「中条さんの飲んでるの、それなぁに」

と、尋ねた。

くっきりとした二重まぶた。長いまつ毛。上唇のそばに黒子《ほくろ》。ロンドンで暮らしていた頃、近所に住んでいたラテン系の青年に似ている。フェルナンドという名の男だった。大胆かつ情熱的にアプローチをかけてきた、浅黒い肌の男から教わった「ペンデホ」という言葉を思い出して、流奈はひとり笑いをする。意味は、くそったれの大馬鹿野郎。

「それなぁに」と問いかけられて、彼女は彼に、甘やかな笑顔を向けた。入店してきたばかりのときにはぴりぴりしていた表情が今はすっかり、晴れやかになっている。

「これね、ブルームーンっていうの。きれいでしょう。すみれのリキュールが入っているんだって。ジンベースのカクテル。世良くん、もしもジンが好きだったら」

「じゃ、僕もそれにします」

彼は彼女にそう言って、それから流奈の方を見て「同じものを」と言った。

「かしこまりました」

心をこめて、流奈はブルームーンを作る。

ブルーがかった紫の月。もっと、きりっとした青にしたいときには、ブルーキュラソーを使う。目の前のふたりには、すみれ色の月がお似合いだ。

これがこのふたりの青信号「進め」になるのかな。

もう少し、ジンの量を増やしておこう。

今夜の酒が毒薬になるか、媚薬になるか、それはこの私の手にかかっている。

そんな不埒なことを思いながら、流奈は彼の手もとに、指が切れそうなほど冷やしてある逆三角形のグラスをそっと置き、カウンター越しにシェイカーから、青紫色のお酒を注ぎ切る。

「ありがとうございます、いただきます」

「世良くん」はそう言って、ちょこんと頭を下げる。

取って付けたような礼儀正しさが可愛い。明らかに関西のアクセント。味があって、なかなかいい。写真の仕事をしているらしい。カメラマンの助手、と言うべきか。それだけでは食べていけないので、掛け持ちでアルバイトも。流奈にとっては、ほんの子どもだ。孵化したばかりの生き物を思わせる、初々しい男の子。

対して、流奈の目には脂の乗ったいい女に見えている「中条さん」は、ルポライターかジャーナリストのようだ。

育ち盛りと働き盛り。それとも、水と油。

なかなか面白い組み合わせじゃないの。

これから、このふたりのあいだで、どんなドラマが発生するのだろう。甘い駆け引き、誤解に満ちた取り引き、悲劇的な喜劇の第一章。それとも、喜劇的な悲劇の幕開け。

流奈の若さの秘訣は、好奇心、なのかもしれない。

＊＊＊

「きょうはね、玉木にプレゼントがあるんだ」

まりもがベッドサイドまで来ると、修はくしゃくしゃの笑顔になった。五十パーセントは渋いおじさん、残りの五十パーセントはいやらしいおっさん。

「ええっ、プレゼントって何、誕生日でもないのに」

びっくりしたような言い方をしたのは、実はまりもなりのサービス、言い換えると、営業トーク。どうせまた、役にも立たない、おかしなものをくれるのだろう。

この人は、プレゼントが好きだ。しかもとびきり高価な。高価な贈り物は女を喜ばせる、と思い込んでいる。無知で無邪気な、餓鬼大将みたいだ。

「じゃあ、贈呈式するから、そこに座って。向こう向きで」

指示された通りに、まりもは修に背を向けて、ベッドの端に腰掛ける。

「目を閉じて」

言われた通りにする。

この人は、命令するのが好きだ。ベッドの周辺、もしくは中で、男に命令されると女は喜ぶ、と思い込んでいる。考えが甘い。単純過ぎる。

「はい、これ、両手で持って」

おそらくそれまではシーツとシーツのあいだに隠してあったのだろう。背後から手渡されたのは、赤のラッピングに、緑のリボンの掛かった四角い箱。まるでクリスマスみたいな色合い。見るからに、高級品っぽい。見なくてもわかる。あたしの趣味じゃない。

「あけていいよ」

言われるよりも前に、薄目をあけていた。でもすぐに、プレゼントをあけていいよ、という意味だったのだと気づいて、

「どきどきする、興奮しちゃう」

と、冷静に言いながらリボンを解き、包装紙をはがして、箱をあけた。

「わあっ、何これ」

中から出てきたものを見て、内心ではげんなりしていた。

こんなの、誰が着るの。

透け透けのスリップドレス。色は下品な赤。赤というよりは朱色か。ハンカチとスカーフを紐で結び合わせただけのように見える淫靡なデザイン。タグを手に取ると、海外セレブ御用達の高級ブランドだとわかった。リボンにも、金色の糸でロゴマークの刺繍がなされている。

「玉木にはね、黒じゃなくて、赤が似合うんだよ」

この人には、断定癖がある。そしてその断定はいつだって、大笑いの不正解。

「気に入ったかな」

まりもは頭の中で、素早くカードを切る。

「素敵！　素敵過ぎる！　すごくうれしい。ありがとう、修くん。ほら、肌ざわりが違うよ。でも、こんなの着て、出かける場所がないって感じ」

修は声を上げて笑った。

「どこへも出かけなくていいんだよ。ふたり用なんだから。ね、今から着てみせてよ、俺のために」

それから、奥のフローリングの部屋を占領しているアップライトのピアノに、卑猥そうな目を向けて言う。

「これを着てさ、弾いてみてよ。俺のために何か一曲」

ふうん、これが今夜の「ちょっと面白いこと」なのか。

＊＊＊

ブルームーンを飲み終えたあと、カクテルメニューをもらって、ふたりで覗き込みながら思案した末に、晴人が選んだのは、パリジャンという赤いお酒だった。

「わあ、きれい。これもきれいね。カクテルって、本当に色がきれいよね」

「いっしょに飲んでる人がきれいやし、きれいに見えるのかなぁ」

「またまた世良くん、若いのに、お世辞が上手《うま》過ぎるよ」

彩江子の気持ちは弾んでいる。弾みっぱなし、と言ってもいい。

しかしなぜ、何に対して弾んでいるのか、については、よくよく考えてみなくてはならない、と、頭の半分では気持ちにストップサインを出している。しかしあくまでも半分で。しかし、フェミニストだからといって、男の人とデートして、いい気分になってはいけない、という決まりはない、はずだ。今夜の彩江子の語彙には「しかし」が多い。

「じゃ、改めて乾杯しましょうか」

「何に」

「決まってるやないですか、この夜に、中条さんとの念願の再会に、です」

「嘘でも、うれしい」

「嘘やないです」

「だったら、本気なの？」

ポーカーフェイスで問いかけながら、彩江子は前回、仕事仲間たちといっしょに飲みに行った夜の帰り道、たまたまふたりだけになったときを狙ったかのようにして「キスしていいですか」と、訊かれたことを思い出している。「本気？」と訊き返した彩江子に、晴人は「冗談です」と言い、それに対して彩江子は思わず「じゃあ、して」と言ってしまった。

あの晩、世良くんは、かなりハイペースで飲んでいた。このあいだの私と同じで、何かむしゃくしゃするようなことがあったのかもしれない。

電信柱の陰で交わされたキスの味は苦くて、なんだか妙になつかしかった。古い映画の一場面の中に、放り込まれたようだった。唇を離した瞬間「ごめん」と、ふたり同時に謝った。彩江子にとっては、きらめく星くずのような「ごめん」だった。

そんなアクシデントがあったことを、そのアクシデントが相手にどんな影響を及ぼしているのか、というようなことを、この人は思い出したり、考えたりすることがあったのだろうか。きょうまでの私のように。

「僕、あれ以来きょうまでずっと、中条さんとこうやって、飲みたかったんですよ」

「私も」

「ほんとですか」

「冗談です」

「やっぱりそうかぁ。くそっ！」

雰囲気は、すこぶるいい。ふたりのあいだに漂うこの雰囲気は、間違いなく、なんらかの可能性を秘めている。少なくとも彩江子には、そう感じられる。この人は私に好意を抱いてくれている。年上の女性に対するあこがれ、と言うべきか。

一歩、関係を進めてみてもいい、と、彩江子は思っている。

しかし、その前に。

笑顔と笑い声に彩られた他愛ない会話を積み重ねながら、晴人の隣で、彩江子は滑稽なほど、誠実な気持ちになってきている。ずるい女になってはいけない。だらしない女になってはいけない。潔い女でありたい。ひとりの女性として、ふたりの関係を深めていく前に「あのこと」をきちんと、話しておかなくては。

正直さも、馬鹿正直さも、ひとつ間違えると悲劇にも喜劇にもなる、ということを、彩江子は知らない。

⁂

カウンターの六席は、すでに満席になっている。カップルが三組。

ボックス席のひとつは、四人の男女で埋まっている。全員、会社員のように見える。店を出るときには、二組のカップルになるのかもしれない。

もう片方のボックス席には、熟年の夫婦。このふたりは常連客。

ピアノの上の花はアネモネで、佐藤玲門はバラード調のラブソングを弾いている。

店内の空気に、見事なまでにマッチしている。これは、レイモンから私へのプレゼント。流奈は、昼間に二階でたっぷり睦み合った時間を思い出す。

カウンターのカップルのうち「世良くんと中条さん」を除く二組は、明らかに不倫か、それに近い関係だとわかる。年格好や会話によって、わかるのではない。視線でわかる。女の切実さと、男の気怠《けだる》さが奇妙にねじれて、絡み合っている。

壁際に座っている女はさっきから涙声で、妻ある男に訴えている。その結果、小さな口論が勃発してしまった。玲門のピアノを波とするなら、波間から途切れ途切れに聞こえてくる会話を、流奈の耳はこんな風に聞き取る。

「最初から、お互いに合意の上で始めた関係じゃないか。割り切れるって言ったのは、そっちだろ」

「あなたには、情ってものがないの」

「そんな湿ったもの、鬱陶しいだけだろ、情なんて」

「寂しいこと言わないで。会えないとき、あたしがどんなに寂しい思いをしてるか。想像したこともないんでしょ」

「きみは僕に何を求めているわけ。恋愛とか、そういうのとは違うだろ。まさか、恋人にしてくれなんて、今さら言わないでくれよ」

冷たく突き放された女は、頰を流れる涙を流れるままにしている。

このあとふたりは、別々の家に帰るのだろうか。

もしかしたら、このあとホテルへ？　ありえない筋書きではない。

「リクエスト、お願いしていいですか」

ボックス席の女性客のひとりから声をかけられて、流奈ははっと我に返る。

「はい。少々お待ちを」

流奈が答えるのと入れ代わりに、ちょうど一曲、弾き終えたばかりの玲門がピアノから離れて、客席までリクエストカードを受け取りに行く。

カードを見てうなずき、タブレットに譜面を呼び出して、玲門が弾き始めたのは、七〇年代に一世を風靡した『あんたのバラード』だった。ちょっと変わったリクエスト。こんな古い曲。

イントロを聴きながら、これってまるで、と、流奈は頰をゆるめる。

恋に泣き、恋に振り回されていた、あの頃の私のためにあるような曲。

昭和の日本の曲なのに、玲門が弾くと小粋なバラードになって、今の流奈に捧げられている、新しいオリジナルのように聞こえる。

なつかしい歌詞を思い出しながら、流奈は細い腕で強く、シェイカーを振る。

昔は泣き過ぎて、涙も涸れた、枯れ紫陽花《あじさい》だったのに、今はたっぷりと水をもらって、細胞のすみずみまで潤っている、私はアネモネ。

＊＊＊

「おっ、玉木、ちょっと痩せたんじゃない」

紐だらけのスリップドレスを身に着け、ピアノの前でくるりと回って見せると、修からそんなことを言われた。

「ピアノはもういいから、ちょっと来てごらん」

ベッドの端に腰掛けて、自分の膝を叩いている。

まりもの体重は、減っても増えてもいない。食べても太らないかわりに、ダイエットをしても痩せないたちなのだ。

男の膝の上に乗って、体重を量られながら言う。

「このところ、仕事がきつかったし、なんか、いろいろ重なっちゃって」

一応、そういうことにしておこう。同情されて、大切に取り扱われたいから。

「食欲もなくて、お酒も美味しくないし」

本当は、その逆なんだけど。

「仕事って、うちの会社では、大したこともしてないだろ」

ほんの少し、ひんやりした風が体内を吹き抜ける。

大したこともしてないって、そこまで言われる筋合いはない、はず。

「だって、ほかにもいろいろ、仕事してるから」

まりもは定職には就いていない。修の一族が営んでいる貿易会社で、週三日の雑用アルバイト、そのほかに、午後から夕方にかけての数時間、ホテルのティーラウンジでピアノ弾き。これが意外にきつい。誰もまともに聴いてくれていないとわかっていながら、まっとうに弾き続ける虚しさには、気力も体力も消耗させられる。それでも熱をこめて弾いていると「ＢＧＭがうるさ過ぎる」と、お客からのクレームが入ることもある。逆に、適当に手抜きをしながら弾いていても、誰からもクレームは入らない。ごまかしながら弾き続けるのは、本気で弾くよりも、何倍も疲れる。

「うちで正社員になりたかったら、俺が話を付けてやるけど」

会社勤めは、自分には向いていないと思っている。会社に縛られるなんて、もってのほか。だからといって、専門職に就きたいとも思っていない。音楽系の短大のピアノ科を出てはいるものの、ピアノの教師にも、音楽の先生にも、なりたくない。

実家の母親からは、帰省するたびに「だらしない！」と、叱られている。まりもにとっては、いやいや会社に通って、我慢料みたいな給料をもらっている女性たちこそ「だらしない」と思えるのだけれど。

自由に生きる。したいことをして、好きなように。自由を謳歌する。

目下のところ、これがまりものポリシーだ。いざとなったら、結婚すればいい。静岡で工務店を経営している両親は、手ぐすね引いて、ひとり娘の帰省を待っている。時代遅れも甚だしい、分厚い見合い写真の束を用意して。未来の夫は、選《よ》り取り見取り。つまり、あたしのバックアップは、万全。

なのに、なぜか、さっきの修のひとことが引っ掛かっている。

大したこともしてない。

修はまりもをきつく抱きしめて動けなくしてから、

「あんまり会ってやれなくて、ごめんな」

と、耳もとで囁く。

会ってやれなくて。何、この、上から目線。

まさか、このあたしがあんたに恋をしているとでも、と、あざ笑いたくなるような気持ちを天使のため息に変換し、

「さみしかったよ」

可愛くつぶやいて、喜ばせてあげよう。

サービス、サービス。質のいいサービスには、それ相応の報酬が支払われる。それが資本主義の原則だ。終わったあと、修はまりもに、おこづかいをくれる。これがけっこういい稼ぎになる。まりもにとって、このサービスは自由に生きるための「労働」なのだ。

あたしは恋なんてしない。

なぜなら、恋にも男にも縛られたくないから。恋なんてものに左右されて、一度きりの人生を棒に振りたくない。自分の人生のハンドルは、自分でしっかりと握っていたい。

「こういうの、どう？　こんなことされると、プライド、傷ついたりするか」

傷つかないよ、こんなことくらいで。

「前からこういうの、やってみたかったんだ。玉木とならできるかなと思って。我慢できなくなったら言えよ。あ、なんかいい感じになってきた。色っぽいというか、艶《なま》めかしいというか、なんだろう、玉木も女だったんだなぁ。もうちょっと、きつくしてみるか、もっと別のところがいい？」

それにしても、どうしてこのおじさんは、こんなにおしゃべりなんだろう。黙ってすればいいのに。そうすればもっと、感じるかもしれないのに。

「玉木、感じてる？」

「すごく」

まっ赤な嘘だ。

誰にも、あたしの心を縛ることはできない。

⁂

「水無月」の女性経営者とピアニストは、倫《みち》ならぬ恋人同士なのだろうか。

経営者が彼に、ときどき送っている謎めいた笑みに、蜜と罪の混ざり合った匂いのようなものを感じる。彩江子は決して、こういうことに敏感な方ではないのだけれど。まるで金槌で叩き付けるかのような強いフレーズが印象的な、バラード風な曲を背中で聴きながら、彩江子は切り出してみた。

「あのね、世良くん、ちょっと昔話みたいなこと、聞いてくれるかな」

「もちろん喜んで。でも、人がショックを受けるような話は、やめといてくれますか」

「ショックか……どうしよう、ショックを与えたら、嫌われるかなぁ」

「僕が中条さんを嫌ったりすることはないと思うけど、できればショックは受けたくないです」

もしかしたら、話す必要のないことなのだろうか。しかし、こうやって楽しい時間を過ごしていると、できるだけ早く話しておいた方がいいのではないかと、彩江子には思えてならない。

「あのね、遠い遠い昔のことなの。もう思い出せないくらい、昔のこと。そういうことがあったのかどうかも、もしかしたら、すべては幻だったのかもしれないって思えるような。あ、でも、そんなおとぎ話でもないんだけど」

　そこで、彩江子の言葉は途切れた。

　膝の上に置いてあった右手を、晴人の左手でつかまれてしまっている。彩江子の手のひらは燃え上がるように熱く、晴人のそれは両生類のように湿っている。

　なんなの、これは。

　晴人はカクテルグラスを見つめている。赤いお酒が晴人を見つめ返している。

「あの、お話の途中やけど、先に僕から話してもいいですか。僕にも折り入って、中条さんに聞いてもらいたい話があるんです。話というよりも」

　虚を衝かれて、彩江子は身を硬くした。

「いいけど」

「ちょっと変わったリクエスト、してもいいですか」

「え？　どんな」

「前々から頼みたいことがあったんやけど、こんなこと、お願いしてもいいのかどうか、ずっと迷ってて。けど、やっぱり中条さんならと思って。それに、頼まんことには、なんにも進んでいかへんやろし」

晴人の口調は切実なものになっている。彩江子の耳にはそのように聞こえる。

「どんなこと」

「言いにくいお願いなんやけど、言ってもいいですか。甘えるような形になるけど」

「いいわよ、遠慮しないで、なんでも言って。私にできることなら、なんでもするわよ」

まさか、付き合って下さい、とか、そういうこと？

「ほんとですか」

「ほんとよ。世良くんのためなら、たとえ火の中、水の中」

「本気にしていいですか」

彩江子の心臓は、情けないくらい、跳ねている。

これって、ときめき？　ときめいているの？　私、酔ってる？

完全に酔ってる。

「こんなこと、頼めるのは、中条さんしかおらへんと思って」

今、この瞬間、自分が目指している理想の女性像なんて返上して、ただの女に成り下がりたいと、彩江子は思っている。どこにでも転がっているような、月並みでだらしない、下らない、ただの女に。

＊＊＊

「あのこれ、僕の『ブック』なんですけど」

カウンター席の中央にいた不倫カップルが去っていったあと「世良くん」は、椅子の背に掛けてあったバックパックから、一冊のアルバムのようなものを取り出して「中条さん」に手渡した。その前後にどんなやりとりがあったのか、それは流奈の知るところではない。

中条さんはさっきから、一枚、一枚、ページをめくりながら、熱心に見ている。うなずいたり、ふたこと、三言、つぶやいたりしながら。

世良くんは、中条さんの頬に視線を当てたり、外したりしながら、心配そうな表情になっている。請われて短い説明をしたり、ときどき、中条さんの見ている写真をいっしょに見つめたりもしている。

ふたりのあいだに漂っている親密さに水を差さないよう気を配りながら、流奈は、飲み干されたカクテルグラスを素早く下げた。

中条さんが尋ねた。

「ハイキョを撮ろうとしたきっかけ、みたいなものはあるの」

流奈には、世良くんの答えを聞くまで「ハイキョ」の意味がわからなかった。

「どうなのかな、何か特別なきっかけがあったってこともないんやけど、気が付いたら、崩れかけた建物とか、潰れた工場とか、シャッター商店街とか、そんなものに惹かれるようになってて。吸い寄せられるような感じで」

ハイキョとは廃墟のことで、世良くんは日本全国をバイクで回りながらそれらの写真を撮り、集めた作品を自分で編んだ、プレゼンテーション用の「ブック」と呼ばれている写真アルバムを、中条さんに、見てもらっているのだとわかった。

ふたりの言葉には、それぞれの熱がこもっている。世良くんは写真に対する熱。中条さんは世良くんに対する熱。世良くんは熱を放出し、中条さんは隠している。

熱を冷ましてあげなくちゃ。

流奈はハイボールグラスに氷と水を入れ、レモンの輪切りを添えて出す。

「虚無を焼き付けてみたい、なんて言うと、かっこ付け過ぎかもしれへんけど」

「……それって、インドを放浪したことと、関係してるの」

「どうかなぁ、インドと関係してるかどうか、あんまり考えたことはなくて、そうか、インドか、インドのことは考えてへんかったなぁ。あ、インドの写真も持ってくればよかった」

世良くんの返答はどこか、もたもたしている。

しっかりしなさいよ、と、流奈は発破をかけたくなる。売り込んでいるんでしょ、自分の作品を。だったらもっとちゃんと、プレゼンテーションしなくちゃ。

ボックス席で仕事が発生したので、流奈はカウンターから外へ出た。

そこから先、何がどう発展したのか、しなかったのか、知る由もなかったものの、戻ってきたとき、ふたりは晴れ晴れとした表情になっていて、中条さんは世良くんに、

「ああ、なんだかおなかが空いちゃった。世良くんは？　何か食べようか」

と言い、それから流奈に向かって、

「もう一度、メニューを見せて下さいますか」

と声をかけた。

「はい」

と答えたその瞬間、心臓がキュッと音を立てて軋んだ。流奈の感覚ではそのように思えた。世良くんの唇が頬のまんなかあたりまで裂けていて、中からまっ赤な舌がぺろりと覗いている。流奈の目にはそのように見えたのだった。

＊＊＊

どぎつい朱色のスリップドレスが体のあちこちに絡まったままの状態で、ベッドの中から、まりもは「修くん、バイバイ」と言いながら、手を振った。

「また連絡するからね。それまでいい子にして、おとなしく待ってなよ」

「うん、待ってるね」

修はなぜか、まりもがベッドから出て、たとえば、ざっくり編まれたコットンのセーターとか、大きめのフーディとかをかぶったりして、玄関まで見送りに来るのを嫌う。見送りも面倒になるほど、自分が女をくたくたに疲れさせたのだと思いたいのだろうか。それとも、あたかも妻のような所帯じみたことをされるのがいやなのか。

正解はまりもの知ったことではないし、知りたくもない。

玄関のドアが閉まるのと同時に、起き上がって、腰のあたりから、水母《くらげ》の足みたいにびらびらと、ぶら下がっている紐類をむしり取る。このプレゼントは、着るためでも脱がされるためでもなく、縛られるためにあったのかと思うと、腹立たしい。

丸裸のままキッチンへ行くと、冷蔵庫の扉をあけ、半分ほど残っていたグレープフルーツジュースを瓶から直接、ぐびぐび飲んだ。

「はあああああっ」

お腹の底から、声に出して、ため息をつく。

それからおもむろに、ダイニングテーブルの上に、これ見よがしに置かれている茶封筒を取り上げる。薄い。あれだけやられて、これだけか。それに、何よ、この封筒。いかにもおじさん臭い。でも、会社のロゴマーク入りじゃないだけ、ましか。

思い返せば、出会った頃から、気障《きざ》なおじさんだった。

——だまされたと思って、俺と付き合ってみたら。大人の世界って、悪くないから。

口説き文句は、そんな風だった。

上司からセクシャルハラスメントをされ、泣き寝入りをするのも癪だったから、上司の上司よりも上にいる修に直訴した。社内の若い女性たちのあいだでは「ナイスガイ」という噂だった。思いのほか親身になって話を聞いてくれたから、つい油断してしまった。

――わかりました。それは許されることじゃない。即刻、対処します。

おまけにアクションも速かった。修は、セクハラ上司を他の部署に回した。事実上の左遷だった。まりもは満足した。誘われて、食事に行った。個室で高級ステーキ。子ども扱いされていないとわかる店選びに、気を好くした。これも油断の一因。

肉系オードブルの並ぶテーブル越しに問われた。

――玉木くん、今のこの状態も、セクハラなのかな。

質問の意味がわからなくて黙っていると、修は物分かりのいい上司の顔になった。

――ごめん、答えられないような質問は、するべきじゃないな。

そのあとに「だまされたと思って、俺と付き合ってみたら」が来る。

自信過剰。これがナイスガイか。セクハラ相談をした相手から、セクハラされてる、これが悪くない大人の世界か。

まりもはそのとき、そう思っていた。その思いは、今も半分は変わらない。

残り半分は。

遊んでやろうと思った。

いい男を気取っているこのおじさんと、恋愛ごっこをしてやろう。本気の恋なんて、子どもっぽい。所詮、お子様が夢見ること。ＳＮＳ界にあふれている、下らない恋の悩みや恋愛相談に、まりもは辟易させられている。

だけど、恋の味を知らないままでいるのもださい。もてあそばれているふりをして、相手をもてあそぶ。これこそが自由なあたしにお似合いの恋愛のカタチ。

＊＊＊

ワインを飲みながら、ひと皿のパスタ、ペペロンチーノを分け合って食べ、食後に晴人はバーボンソーダを、彩江子はジントニックを注文し、そのグラスには今は、氷とライムのかけらだけが残されている。

結局、彩江子の「あのこと」は、話せずじまいになった。

晴人の写真を見て、話を聞いて、その場で晴人のリクエストに応えるだけで精一杯だったし、何よりも晴人が喜んでくれたことがうれしく思えて、今夜はこれでじゅうぶん、ここまででいい、と、彩江子は満たされている。

しかし、もうそろそろ「出ようか」か「帰ろうか」を言い出さなくてはならない。

どちらかが。そう、どちらかが先に。

帰ろうか、と先に言われるのは寂しい。ならば、自分から言おう。

お手洗いから戻ってきた晴人に、意を決して「そろそろ」と言いかけた彩江子の言葉を覆うようにして、晴人はふんわりと言った。

「中条さん、まだ、時間いいですか」

「私はいいけど……」

八時半を少しだけ回ったところだ。部屋に戻っても、待っている人がいるわけでもないし、急ぎの仕事があるわけでもない。彩江子の方は、店を変えて飲み直すこともできるし、カフェでコーヒーか紅茶にすることもできる。バー「水無月」から彩江子のマンションまでは、歩いて十五分ほどだ。

晴人は、池袋に住んでいる。それ以上のことは、知らない。池袋のどのあたりにある、どんな住まいなのか、いつから、そこに住んでいるのか、など。ここから池袋までは、遠い。そのことだけはわかっている。そして、晴人が遠い自宅に帰りたがっているようには、見えない。

気持ちよりも先に、言葉が転がり出た。

「よかったら、うちに来て飲み直す？」

そのあとに「なんなら、泊まってても」と、言いそうになっている自分に、彩江子は呆れる。リクエストを叶えてあげたのだから、それくらいしてくれても、と思っている自分を殴りたくなる。これじゃあまるで、高価な贈り物をしたんだから、対価として、お尻くらいさわらせてくれてもいいだろうと思っている、おじさんみたいだ。

晴人は「行く」とも「行かない」とも言わなかった。

代わりに「送っていきます」と言った。

「ごちそうさまでした」

この言葉は、彩江子に向かって発せられたものではなかった。晴人はカウンターの向こうに立っている女性経営者に向かって声を発した。

「会計、お願いします」

「何言ってるの、世良くん、駄目よ。ここは私が払います。だって私の方から」

誘ったんだもの。

というひと言を、彩江子は呑み込んでしまう。今度は部屋に誘ってしまった。誘っているのは、いつも私の方からだ。いいのだろうか、こんなことをしていて。

「それくらい、させて下さい。こんなんじゃ、足りひんってわかってるけど」

言いながら晴人は、彩江子の肩に手を回して、かすかな、しかし確かな力をこめて抱き寄せた。彩江子の胸は期待のあまり、はち切れそうになっている。

＊＊＊

赤ずきんちゃん、気を付けて。

ほろ酔い加減で店を出ていくふたりの背中を見送りながら、流奈は心の中で「中条さん」と、呼びかけた。

気を付けてね、あの男は狼かもしれないわよ。しかも、そんじょそこらの狼じゃない。とんだ食わせ者かもしれない。だからこれ以上、関わらない方がいい。あなたを助けてあげたくて、バーボンソーダにほんのちょっとだけ、細工をしておいたわよ。

壁際で口論していたカップルは、少し前に去っていった。行き先はたぶん、ホテル。

ベッドの上で、永遠に未解決の問題を解決するために。

カウンター席には、あとから来た別の不倫カップルが残されている。男のための薄い水割りと、女のための濃いアイスティを、流奈は作っている。

「寂しいの。今のままじゃ、いやなの。こんなんじゃ、いやなの」

いけない、いけないと思いながらも、男の執拗な前戯のように、女は繰り言を吐いている。今がチャンスだと、チャンスは今しかないと、頭のかたすみでは冷静に思っていたりもするのだろうか。寂しいの、今のままじゃ、いやなの。なんとかして、と、聞き分けのない女を演じているだけなのか、それとも。

これは病気だ。

流奈は目の前に座っている、病気の女に同情する。

不倫の恋というのは、煩いだ。患い以外の何物でもない。だから病み付きになる。まるで、幼い子どもがいっとき夢中になるお医者さんごっこ、みたいに。怪我もしていないのに手足に包帯を巻きたくなる、あれだ。

結婚を、習慣と惰性でするものだとすれば、恋は全身全霊で、一心不乱にするもの。何もかもを根こそぎ持っていかれる。いったん堕ちたら、簡単には這い上がれない。

不倫の恋というのは、そんな「恋」というカテゴリーの中において、トップクラスに位置するもの、と、流奈は定義づけている。善し悪しは別として、不倫の恋こそが極上の恋。なぜなら、それは、窃盗だから。なけなしのお金を払って買ったドレスじゃない、盗んだドレス、しかもとびきりゴージャスな衣装を身に着けて演じる、確信犯的仮面パーティ。

極上の恋をするからには、人はいろいろなものを犠牲にしたり、失ったりしなくてはならない。その喪失感こそが恋を極上のものにしてくれるのだ。

ひらりと、流奈の気持ちは過去へ飛ぶ。

遠い過去だ。

かつての私にも、いくつかのドラマがあった。ドラマは、すったもんだとも、修羅場とも、言い換えられる。

その人なしでは生きていけないと思い詰め、相手も自分も追い詰めた十代の恋。

いっしょになれないとわかっていながら追い求め、追いすがった二十代の恋。

ふたりの男たちの顔が浮かんでくる。

どちらも、今はまるで弟のように思える。

若い頃は、涙に濡れた恋ばかりしていた。つらかった。苦しかった。破壊的で、破滅的だった。けれども、そんな恋を重ねたからこそ、今の私がある。

この今を手に入れるために、そして、自分が今、手に入れているものはなんなのか、という問いかけには目をつぶったまま、これから、私は。

そこまで思ってから、流奈はあわてて、その続きの主語を変える。

これから、目の前のこの女は、どれだけの涙を流し、どれだけの傷を舐めなくてはならないのだろう。

⁂

頭から熱いシャワーを浴びて、修の指紋をすっかり落としてから、まりもはお気に入りの桜色のキャミソールと、シームレスショーツだけを身に着けると、ベッドサイドのスマートフォンを取り上げた。

ベッドの端に腰掛けて、足をぶらぶらさせながら、友人の櫻に電話をする。

櫻は、まりもとの連絡に関しては、メールやＬＩＮＥではなくて電話を好む。まりもも同じだ。直接、話す方が早い。特に今夜は、櫻に謝りたいのだから、声を送るに限る。

「あ、櫻、今、大丈夫?」

「ノープロブレムだよ。動画を観てただけ。まりも、終わったの。お疲れー」

「うん、無事終了。疲れたよー」

「あのパパ、今んとこ、まだキープなんだね」

「あ、その、パパ、やめてくんない。気持ち悪くなる」

櫻は修のことを勝手に「パパ」と呼んでいる。親子にはちょっと足りないとはいえ、二十以上、離れているわけだから、世代的にはパパに違いない。

「それよりも櫻、ごめんね。きょう、楽しみにしてたのに」

「まりもが気にすることじゃないよ。取締役だったっけ? 予定が見えない人なんでしょ。その代わり、今度はいっぱいご馳走してもらうよ」

ベッドに寝っ転がって、まりもは大好きな友人の声を聞いている。

ああ、いい時間だなと思う。仲間っていいな、気の置けない友だちっていいな。

「研究の方はどうなの、うまく行ってる?」

櫻は大学院生だ。専攻はフランス文学。まりもが音楽系の短大生だった頃、どこかの誰かが主催したカルチャー系のイベントで知り合った。蓋をあけてみると、恋人探しが目的の寄り集まりに過ぎず、居心地の悪い思いをしていた者同士、気が合った。つまり、不要な男どもの代わりに見つけた親友だ。インテリなのに、頭が柔らかい。まりもと同じで、自由をこよなく愛している。だから、女同士だからといってべたべたしたり、互いのことを何もかも打ち明け合ったり、そういう間柄ではない。必要以上に相手の領域に踏み込んで行かない、そういうエチケットを守れる人。

「そういえばさ、私、最近、面白いバイト、始めたの。簡単なのに、すっごい稼げちゃう、魔法のバイトだよ」

「そんなバイトあるの、どんなの」

「いっしょにごはんを食べたり、映画を観たり、お散歩したり、買い物にお付き合いしたりするだけでいいの。時間給で一万円。食事なら二時間、映画なら三時間、お散歩だけなら一時間くらいかな、買い物もだいたいそれくらい」

女子大生とのデートサイト。お金持ちのおじさまとデートするだけでお金が稼げる。いわゆるパパ活ってやつか。

「だったら、映画を観て食事をして散歩をしたら、六万円」

お金的には、修くんとさほど大きな違いはない。

「でも、全部って人は、まだいない。だいたい細切れ。だけど、有効活用すると、効率的に稼げるし、なんと言っても清潔でしょ」

清潔なのか。クリーンなのか。そこにはちょっと心を惹かれる。

「本当に、ごはんだけでいいの、それ以外はなしなの？」

「そこがポイントなのよ。接触は絶対になし。手も握らないの。ちょっとでも違反すると、女の子からコメントを書き込まれて、すぐに登録抹消」

今夜みたいなことがあったら、修くんは即デリートだな。

「まりもも、登録してみる？」

「あたしは学生じゃないから、駄目でしょ」

「学生ってことにしておけばいいじゃん。名前も適当でいいんだよ、私なんか、山本《やまもと》みどりだよ。一回だけやってみて、いやだと思ったら、登録デリートすればいいわけだし」

「そんなに簡単なものなの」

「簡単だよ。簡単で、安全確実。ある種の家庭教師みたいなものかも」

金持ちのおじさん相手の家庭教師か。教える科目は家庭科、社会科、女性学、一般教養、あははは、おじさんが生徒なら、やっぱり倫理と道徳だろう。楽しそう。

「パパはね、うまく使い回せば、とっても有効だよ。それに、おじさんを振り回すの、楽しいよ」

自分で相手を選べるのも、時間帯を指定できるのも、いいなと思った。

修くんは今のところ、キープしておきたい存在だけど、いつだってあたしの方が振り回されている。許せない。

＊＊＊

「わあ、素敵な部屋やね。ここが中条さんのお城なんやね。ここ、日当たりとか、いいでしょ。眺めもええし、いかにも仕事がはかどりそう」

リビングルームに通すと、晴人はあたりを見回してから、窓の前に立って、彩江子の住まいを褒めた。

北向きだから、日当たりは良くない、眺めの大半は林立するビルに遮られている。

「すぐ近くに根津神社があるの。ほら、あのあたり、緑がこんもりしてるところ」

晴人の隣に立って、彩江子は窓の外を指さした。

「散歩すると楽しいよ。くぐるとラッキーがやってくるっていう、赤い鳥居のドームもあるし。あれ、ドームって言うのかな」

千駄木にあるこのマンションには、かれこれ五年ほど住んでいる。フリーライターとしての仕事が軌道に乗ってきた頃、近くにあったアパートから引っ越してきた。もう何年も、男性を部屋に招いたことなど、ない。だから、どういう風に振る舞えばいいのか、彩江子は戸惑い、さっきから自分の気持ちを持て余している。

ここまで歩いてくる道すがら、見た目だけはお洒落だけど、品揃えは大したことのない花屋に立ち寄って、彩江子のために晴人が買い求めたワンコインの花束。ビニールで包装された、三日ほどで枯れてしまいそうな薔薇と、茎の折れたかすみ草の組み合わせを手にして、

「あ、これ、先に、お水に浸けてくるね」

そう言って離れようとした彩江子を、晴人はいきなり抱き寄せて、

「このあいだのつづき」

と、囁いた。

彩江子の全身に、優しさの雨を降り注ぐような抱擁。それから、キス。初めはおずおずと、途中からは貪るように。

彩江子の手から花束が床に落ちた。買ってもらうだけでも恥ずかしかったし、持ち帰るのも恥ずかしかった花束と同時に、落ちたものがほかにもあった。

その音を合図にしたかのように、晴人はぱっと、唇と両腕を離した。

「中条さん、きょうはほんまにありがとう。感謝してます。お礼の気持ちはまた今度、別の機会にきっちりと。酒と花だけで済ますつもりはないんで」

それだけを言うと、晴人は踵を返して、今しがた、入ってきたばかりの玄関へ向かって歩き始めた。バーを出たあと「部屋まで送っていきます」と言ったあの言葉は、言葉通りのものだったのだと、そのときになって初めて、彩江子は気づいた。

何を期待していたんだろう、私は。

床から花束を拾い上げながら、言った。追いすがるような言い方にならないように、細心の注意を払いながら。

「コーヒーでも淹れようと思ったのに」

「そんなことしたら、いけません。そんな、男を増長さすようなこと。中条さんはそのへんに転がっている女とは違うんやから。僕、中条さんは孤高の人やと思ってるんです」

心の結び目がほどけた。

そうか、そういう風に思ってくれているのか。

彩江子はまだ気づいていなかった。

たとえば、ラブホテルまで行って、何もされなかった女がいるとする。体が目的ではなかったのだ、と、彼女は勘違いする。男に何もされなかったこと、男が何もしなかったことを、自分への思いやりであり、敬意であると思い込む。自分は単なる性欲の対象ではない。自分は大事にされていると、彼女は誤解する。誤解から、落ちる。

彩江子もそんな彼女のひとりだった。

＊＊＊

手を伸ばすと、玲門の肩がそこにある。

よほど深い眠りに就いているのだろう、寝息さえ聞こえない。

幸せを確認するようにその肩にそっと触れたあと、流奈は寝返りを打って、床の上に落ちている月の光に目をやった。窓と斜光の角度の具合によって、月光は、ハンカチみたいな四角い形を作っている。

眠りと眠りのあいだに訪れた短い覚醒の中で、流奈は、店で目にしたいくつかの光景の断片を思い浮かべてみる。女たちがカウンターの上に落とした「女」の破片を拾い上げるようにして。

声を殺して泣いていた女。

期待に声を弾ませていた女。

恨み言を重ねて、自分を汚していた女。

ふっくらとした手を優しく、夫の手に添えていた女。

女、女、女、女――。

女たちの欠片《かけら》をつないでいくと、自分になる。

どの女も、かつての自分に重なる。

すべての女はかつて、流奈の中に棲んでいた住人のように思える。

女は、少女から女になっていくのではなくて、生まれたときから女、なのではないか。未熟な女として生まれてくるのではなくて、初めから成熟している、と言ってもいいのかもしれない。女たちは、その成熟をひた隠しに隠して、血生臭《ちなまぐさ》さに蓋をして、つまり自分の中の女を封じ込めたまま、生きていくことを余儀なくされているのではないか。その成熟を、生まれついての女を、解き放ち、自由にしてやらなくてはならない。

そこまで思ってから、流奈はくすりと笑った。

何を偉そうなことを。

さんざん女を垂れ流しにして生きてきて、挙句、妻子持ちの男に囚われて、毎晩、泣き暮らしていたのは、どこの誰。

体から心がはらはら剝がれて、落ち葉のように舞い散っていく。

床の上の月の光のハンカチが揺れている。過去も、女たちも、悲しみも、幸せも、揺れている。終わらない幸せなんて、ない。流奈は知らないふりをしている。幸せというものは、長くは続かないからこそ、幸せなのだ。

悲しみに彩られていた時間を抱きしめて、流奈は安らかな眠りに落ちていく。忍び寄ってくる別れの予感を、月夜の闇のとばロに残して。

第三話　場違いなロマンティック

A Romantic Scene in an Unromantic Place

五月の連休が明けてまもない金曜の朝。

「今夜は早めに帰ってくるよ。ふたりでお祝いしよう。記念日だからね」

結城修からそう言われて、結城愛里紗は頬に淡い笑みを浮かべた。

「外じゃなくて、うちでってことね」

念のために確認しておいた。

返ってきた答えは、予想した通りだった。

「もちろん家でだよ。何か美味しいもの、食べさせてよ。ここんとこ外食続きで胃が音を上げてる」

そういえば、ゆうべとおとといの夜は、接待したのか、されたのか、どちらでもないのか、知りたくもないものの、どちらもこってりしたフランス料理だったと言っていた。

「じゃ、あっさりしたものがいいわね。和食かしら、それとも、イタリアンのあっさり系、パスタ類」

「シェフに任せる。楽しみにしてるよ」

鏡の前でネクタイを締めている修のワイシャツの肩に、くっ付いている糸くずを指でつまみ上げながら、愛里紗は「さあ、何を作ろう」と、すでに夕食のテーブルに思いを巡らせ始めている。

料理のメニューを考えるのは、とても楽しい。作るのももちろん好きだけど、あれこれ考えている時間は、もっと楽しい。たとえばそれは、確実に会えるとわかっている待ち人を待っている時間に、あるいはレストランで注文した一品が届くのを待っている時間に、似ているのではないかと、愛里紗には思える。

前に修にそのようなことを話したら、軽く笑い飛ばされた。

——俺は、会ってる時間と食べてる時間の方が好きだな。実体のないものより、あるものの方がいいに決まってるじゃないか。

——期待しながら待つ楽しみには、実体はないの。

——ないね、そんなものは。

そのときの会話は、それで終わった。

物事を一刀のもとに斬り捨てようとするような修の口調を、愛里紗は決して嫌ってはいない。わかりやすくていいと思っている。

夫というのは、単純でわかりやすいのが何よりだ。

＊＊＊

内線電話で専属の秘書を呼び出すと、修は、ビジネスライクに用件を伝えた。

「ああ、俺です。きょうはあと三十分ほどで社を出るので、それまでに薔薇百本、えぇっと、白薔薇がいいな。白薔薇を百本、届けてもらって下さい」

薔薇を女に贈るとすれば、一本か百本のどちらかだ、と、修は思っている。

「店は、いつものところでよろしいですか」

「いつものところでいい。贈答用です」

「かしこまりました」

ここ数年、そばに置いている男性秘書は、それ以上、何も訊かない。花束を携えて、社を出てどこへ行くのか、それとも家へ帰るのか、社用なのか私用なのか、彼はすべてを心得ているし、わきまえている。

色白の草食系男子。頭の回転が速く、世渡りが上手で、機転も利く。趣味はギターと陶芸とワイン。ジムにもせっせと通っているらしい。これは想像に過ぎないけれど、毎朝、毎晩、化粧水で肌を整え、髪の毛はトリートメントし、無駄毛の処理にも余念がない、という感じの青年だ。服のセンスもいいし、持ち物のセンスもいい。もちろん、花束のセンスも。

こういう男は、男にもてるのかもしれない、とも思う。

修はこの秘書が気に入っている。

若かりし頃、女性秘書と、ちょっとした——と修は思っているが、相手にとって大問題だったことは想像に難くないトラブルを起こして以来、秘書は男に限る、と決めている。

秘書は賢くて、センスがあって、妊娠しないのが何よりだ。

＊
＊＊

夕暮れにはまだ早い午後、ベッドのまんなかで、全裸のまま大の字になって寝そべって、玉木まりもは「あーあ」と、大きなため息をつく。

修が買ってくれた、というよりも、本人のために買ったと思われる、広過ぎるクイーンベッド。ピアノが小さく見える。まりものセンスとは違う。

ただ、広いのは悪いことじゃない、とも思っている。広いベッドの使い道は、いろいろある。ストレッチ。ヨガ。動画観賞。電話で長話。ため息をつきながら、ごろんごろん転がる。

きれいに塗り終えたばかりの爪を、天井に翳《かざ》しながら、あーあ、と、再びため息。

ため息をついても、ひとり。

そんな俳句を習ったような気がする。あれは確か「咳をしても一人」だった。五七五に囚われない自由律俳句。尾崎放哉《おざきほうさい》、だったかな。

あたしって、こう見えてもインテリ。

ま、櫻には負けるけど。

広いベッドにひとりで寝そべっていることは自由で、風通しが良くて、気持ちいいはずなのに、どこかが違う。何かが違う。

何がどう違うのか、考えたくもないわけだけど。

暇。

暇だから、考えなくてもいいことを考えてしまうのか。

暇な女、女の暇、暇、暇、暇、無駄な暇。

朝からずっと、まりもは、胸の内に渦巻く違和感を持て余している。

こんなことなら、櫻が紹介してくれた「パパ活」の会員になっておくべきだったかな。

今のところまだ、登録していない。なぜなら、第二、第三の修くんを作ることになるのかもしれないと思えて。登録するなら、修くんと別れてから。でも今のところ、別れる気はない。その理由については、あまり考えたくない、今のところ。

湿った息を吐き出したあと、いい加減にしろ！　と、まりもは自分を叱責する。

あんな男！

あんな男の、どこがいいの！

いいわけない！

妻への愛、などではおそらくなく、妻以外のすべての女を牽制するために四六時中、結婚指輪をはめている男。髭の濃い、彫りの深い、男っぽい顔立ちは、まりもの好みとは相反する、いわゆる肉食系。かっこ付けるのは上手《うま》いけど、所詮おじさん。金払いはいいけど、悪趣味。しかもそれを洗練と勘違いしている。

あんな男。他人の男。人の所有物。

勘違い男。

恋人でもないし、本気で恋をしているわけでもないのに、なんであたしは、失望したり、いらいらしたりしてるんだ。情けない。ほかに考えることはないのか。

これって、あれか。あたしがまともな仕事を持っていないせいか。

経済的に自立、っていやな言葉だと思うけど、こういうときに限って浮かんでくる。

それをあたしがしていないせい？

「大したこともしてないだろ」という、あの、憎《にっく》き修のひとことがよみがえってくる。

刺されたわけでもないし、痛いわけでもないのに、なんだろう、妙に切なくなる。

あたしは何をやっているんだろう。

広過ぎるベッドの上で、ひとり。

＊
＊＊

出社する修を送り出したあと、愛里紗ははたと気づいた。

記念日って、いったいなんの？

きょうは、五月十日。

結婚記念日は十一月だし、もちろん、ふたりの誕生日でもない。

お見合いをしたのは三月だったから、五月には何度かデートをしたはずだけど、きょうという日に何か、特別なことがあった、という記憶はまったくない。

もしも、ふたりが結ばれた日を記念日とするなら、それはお見合いの日からわずか数日後だったたし、第一、そういうことにロマンティックな意味合いを持たせようとする嗜好は、愛里紗にも、おそらく修にもない。

それに、去年の五月に記念日を祝った、という覚えもない。

冷蔵庫の扉にマグネットで貼り付けてある小さなカレンダー、五月の白薔薇に目をやりながら、愛里紗は心の中でつぶやいた。

きっと誰か、よその女の人との記念日なのね。

それを妻と祝おうとするなんて、なんてまぬけで、可愛い人。

そう思ったのは一瞬のことに過ぎず、冷蔵庫をあけた瞬間、愛里紗の頭の中はたちまち、これから作る「あっさりしたもの」でいっぱいになる。

＊
＊＊

受話器を置いて、修はデスクの上の時計に目をやった。

東京の何時はニューヨークの何時、パリの何時、と、世界中の時刻がわかるように作られている。誰かの結婚式の引き出物だったと記憶している。海外と取り引きしている会社の業務上、思いのほか、重宝している。

何時だ。六時五分か。

ついさっき、本日の最後の案件をひとつ、手際良く捌《さば》いたところだ。

丸の内本社の広報・宣伝部の統括部長から出された案件で、つい最近、抜擢されて重役の仲間入りをした女性社員の一連の対応が常軌を逸して非礼極まるものだったらしく、名だたるコピーライターの所属事務所が弁護士を立て、我が社を訴えようとしているがどうすればいいだろう、というような内容だった。

「訴訟か」

「はい、パワハラ、モラハラ、名誉毀損、人権侵害」

「証拠はあるのか」

「はい、彼女が先方に送った一連のメールの文面がそれに当たるそうです」

「うちが金銭的な被害を与えていない限り、そんな裁判、成立しないだろう」

「いえ、ライターは鬱病にかかっており、診断書も出されていて、自殺未遂まで……」

「手首でも切ったのか」

「まあ、似たようなものです」

女対女の争いに、修は、会社が雇っている女性弁護士を付けることにして、

「まずは、弁護士といっしょに謝罪に行かせて、その場で女重役に土下座をさせろ。

けじめは、そうだな、更迭だ。場合によっては地方へ島流し。それしかないだろう。彼女にそう伝えておいてくれ」

と、指示を出した。

女が起こした問題を男の論理で解決しようとしている、というような意識は、修にはない。受話器を置いたとたん、問題は雲散霧消した。切り替えの早さでは、誰にも負けない、という自信が修にはある。

六時半過ぎに車で社を出れば、七時過ぎには家に着けるだろう。

何時に社を出ますとか、これから帰りますとか、愛里紗にはそういうことをいちいち知らせなくてもいいから楽だ、と、修は妙なところで妻に感謝する。

結婚して、十三年ほどになるか。

いまだに、愛里紗という女が何を考えているのか、修には測りかねるようなところもあって、そこがミステリアスといえばミステリアスだし、冷たい女だと思うこともあるし、しかし、あの冷たさがいいんだよな、と、このごろではそう思うようになっている。

外で濃厚な味のものばかり食べていれば、家では淡白なものが恋しくなる。いや、つまり、こういうことか。普段は飾り棚の奥に仕舞い込んであるトロフィーを、ときどき取り出して、磨きたくなる。

不埒なことを思いながら、修は、左手の薬指の指輪を、左手の親指でこする。

修には年に何度か、突然、訳もなく、愛里紗が心底、愛おしくてたまらなくなる日があって、自分ではそれを「ロマンティックな発作」と名づけているのだけれど、ゆうべ、真夜中にふと目を覚まして、かたわらで眠っている妻の寝顔を見つめていたとき、突然、そのような発作に襲われたのだった。

＊＊＊

五月の連休中、まりもは、どこへも行かなかった。行けなかったのだ。

友だちと海外旅行に行けるほどの貯金もなかったし、知り合いから誘われた国内旅行には気乗りがしなかったし、混んだ電車に乗って実家へ帰る気など、さらさらなかった。これらは特に問題じゃない。別にどうってことない。

どうってことあるのは、部屋で計画していた「ナルコス・パーティ」が詰まらない理由で頓挫したこと。

詰まらない理由というのは、相も変わらず「あんな男」であるところの修だった。

昔の遊び友だち、今の遊び友だちに連絡して、一品持ち寄りで、まりもの部屋に集合し、麻薬戦争をテーマにした、実話に基づくアメリカのテレビドラマ『ナルコス』を観続けよう、という楽しいプランを、またしても「今そっちへ向かっているところ」という修からのメッセージによって、ぶっ潰されてしまったのだ。「連休中は会えない」と言われていたから、パーティの計画を立てたのに。

それだけではない。

食事の約束をしていた連休の最終日には、レストランでさんざん待たされた挙句、《申し訳ない、土下座する。急に野暮用が発生してさ、今から鎌倉の方へ顔を出さないといけなくなりました。悪い。》

スマートフォンの画面に向かって、唾を吐きたくなるようなメッセージが入ってきた。「悪い」なんて、ちっとも思っていないとわかる、あっけらかんとした口調。鎌倉とはすなわち、奥さんの実家だ。知り合ったばかりの頃、尋ねたわけでもないのに、教えてくれた。

――玉木と違って、家庭的な人だよ。恋愛結婚じゃなくて、見合い。結婚は見合いに限るよ。玉木もそうしなさい。結婚って、いいものだよ、玉木が思っているほど退屈なものじゃない。

ああ、もう、思い出すだけで、いらいらする。

きょうは金曜日。あしたは土曜日で、あさっては日曜日。

仕事もなく、楽しいはずの週末なのに、なんの予定もない。

ベッドサイドのスマートフォンを取り上げ、SNSを呼び出して、友だちの顔をひとりひとり、思い浮かべてみる。みんなそれぞれに忙しそう。みんなそれぞれに充実している。SNSにあふれ返っている自慢気な写真やコメントを目にすると、否応なく、自分の孤独を見せ付けられる。「自由」の同義語は「孤独」ってことか。

この、縁の欠けたコップで水を飲もうとしているような寂しさは、なんなの。

広過ぎるベッドの上で、まりもは天井に向かって、問いかける。

ねえ、修くん、忘れたの。きょうは、あたしたちの記念日だよ。

記念日というのは、まりもにとって、誕生日よりも大事なものなのだ。クリスマスじゃなくて、クリスマスイブが大事なのと同じ。

きょうは、ホテルじゃなくて、この部屋で会うようになった、初めての日。ロマンティックなシークレットラブ記念日。

まりもにとって、ロマンティックな人生とは、何度、ロマンティックな記念日を持てるか、にかかっている。中身なんて、なくてもいい。本物じゃなくても、いい。とにかく、きらきらして見える、自分が特別な何者かになったみたいな、きらめいている一日を何日、持てるか。質よりも回数が大事なのだ、回数が。

チクッと胸に痛みを感じてうつむくと「いい形してる」と、記念日に修に愛《め》でられた自慢の乳房に羽虫が一匹、留まっている。

＊＊＊

あれこれ迷って、楽しく悩んで、取っ替え引っ替えレシピブックをめくった末に、愛里紗の決めた「記念日のメニュー」は、ちらし寿司だった。

その昔、実家の母から教わった作り方を再現してみた。

寿司飯に交ぜるのは、うすく切った小ぶりな蓮根の酢漬けと、鎌倉名物のしらすと、白っぽい干ぴょうと、高野豆腐。

――なるべく色が目立たない食材を選ぶのがこつよ。

と、母は教えてくれた。

だから、グリーンピースや、煮つけた干し椎茸などは、入れない。全体的に、ご飯は白っぽく見えるようにしておく。

その上に、照り焼きにした穴子の薄切りを敷き詰める。さらにその上に、糸のように細くカットした錦糸卵を載せる。下の穴子がすっぽり隠れてしまうほど、分厚く。つまり、黄色、茶色、白の三色が層になるように重ねる。ぱっと見ただけだと黄色にしか見えない。それが仕掛けというか、秘訣というか。

――時代小説で読んだことがあるの。どこの藩だったか忘れたけど、藩の経済事情が逼迫《ひっぱく》してきて、贅沢禁止令みたいなものが出されたときにね、それでも贅沢なものを食べたいと思った人たちが工夫して、卵の下にお魚を隠して食べたんだって。

母の言葉を思い出しながら、挑戦してみた。

いつだったか、アンティークショップで見つけた漆器に盛り付けた。四段重ねの重箱になっていて、黒地に四季折々の草花の模様があしらわれている。底にも模様が付いていて、食べ終えたときにも見目麗しい。ちらしは春の段に。残りの三段には、こまごました野菜料理と豆腐料理と焼き魚など、修の好物を揃えて、ゆるめに詰めた。

さあ、できあがり。

きれいにできた。我ながら、感心するほど、美しい。

これに、お吸い物とサラダを添えれば完璧ね。デザートはすみれの砂糖漬け。甘口のワインか、ブランデーと共に。

修が戻ってきたら、まず日本酒で乾杯し、テーブルの上に彼の手で、この重箱を広げてもらおう、と、愛里紗は思っている。きっと歓声を上げて、喜んでくれるだろう。

その場面を思い浮かべると、口もとがほころびる。少年みたいに無邪気に喜んでいる修の姿を想像するだけで、愛里紗はほっこりする。

ロマンティックだ、と思う。

けれどもそれは、修に対する感情ではない。

愛里紗にとっての「ロマンティック」とは、夫のために甲斐甲斐しく尽くしている自分の姿に対して、その喜びと清潔な孤独に対して感じる感情であって、そこに、夫への愛は含まれていない。無論、愛里紗はそのことに、無自覚であるのだけれど。

＊＊＊

「お帰りなさい」

「ただいま。はい、これ」

「どうしたの、こんなにたくさん」

「どうしたもこうしたも、俺から奥さんへの贈り物だよ」

あんなにじっくり見たいと思っていた、美しい妻の美しい笑顔は、よく見えなかった。百本の白薔薇に遮られてしまって。

それでも、愛里紗が驚き、喜んでくれているということは、声でわかった。もちろんこういうとき、愛里紗は歓声を上げたり、修に抱き付いたりはしない。しかし、普段の冷たい声ではなく、いつになく、上ずっている。少なくとも修の耳には、そのように聞こえた。

「ありがとう。うれしい。白い薔薇って、香りもいいのよね」

「香りのない薔薇は、薔薇じゃない」

「でも、本当に、こんなにたくさんの薔薇……」

そこでやっと、うれしそうな笑顔が見えた。両腕で花束を抱きしめている姿も可憐で、思わず震い付きたくなるほど、愛おしい。会社内にうじゃうじゃいる、理屈っぽくて、身の程知らずで生意気で、権利や主義主張ばかりを並べ立てている女とは、根本のところが異なるのだ。

重役になったとたん、女から訴えられようとしている女のことを、修は思い出す。失脚させると自分で決めておきながら、可哀想な女だと同情する。かわいそう、ではなくて、なぜか漢字で可哀想と。

「大切な記念日じゃないか、これくらい当然だろ」

記念日を出しにして、今夜、久々に妻をほしいままにしてやろうなどと、修は思っていない。何を考えているのかわからないミステリアスな愛里紗を、飾っておくにはじゅうぶん過ぎるほどじゅうぶん美しい妻を、修はこの上もなく好もしいと思っている。

非常に好もしい。

常にそばに置いておきたいし、大切に仕舞っておきたいし、たまには引き出しの奥から取り出して、さまざまな角度から光を当てて、じっくり眺めたり、観察したり、味わったりしたい。それだけでじゅうぶん、ロマンティックだと思える。それはまさに、所有物、あるいは自慢のコレクションを愛でる感覚にほかならない。コレクションを犯したいとは、思っていない。修はそのことを自覚している。

＊＊＊

空腹を感じて、まりもは、デリバリーのピザを頼んだ。

配達員に、いかにもホームパーティか何かを開いているのだと思わせたくて、ピザ以外にもサラダ、フレンチフライ、デザートまで、手当たり次第に注文した。ひとりでは食べ切れないとわかっていながらも、おかしなところにこだわっている自分を情けないと思いながらも、ただ食欲を満たすためだけの食事をした。

わびしい。寂しい。虚しい。くやしい。情けない。腹立たしい。

食べ物を口に運ぶたびに、ネガティブな形容詞ばかりが浮かんでくる。

あしたとあさって、土日をどう過ごそう。美術館や博物館。人が多いだけで疲れる。

買い物。欲しいものが今は特にない。映画。ひとりで観に行ったって、詰まんない。何をしても詰まらなく、自分がみすぼらしく思えてならない。

親友の櫻は、誰となのかは教えてくれなかったけれど「大事なデート」があり、しかも「お泊まりなんだ」という。バイト先の知り合いもみんな「ごめんねー」だった。

あたしだけがひとりぼっち。

そう思っただけで、暗澹たる気持ちになる。

何もかも、あいつのせいだ。

自分で自分の人生をきちんとコントロールできているはずだったのに、もしかしたらあたしはあいつに、コントロールされているのだろうか。あいつから物をもらったり、あいつから褒められたりしても、あたしはちっとも喜んでいない、と、頭では思っているつもりだったのに、本当は、喜んでいたのだろうか。

たとえば「誕生日だろ。なんでも買ってあげるよ、遠慮しなくていいんだよ」と言われ、値札なんか見ないで、気に入った洋服を選んだあの日。たとえば「だまされたと思ってやってごらん。あとでするとき、すごく感じるよ」と言い含められ、買ってもらったばかりのロングコートの下には何も着けないで、いっしょに街中《まちなか》を歩き回ったあの日。たとえば、料理をしているさいちゅうに「きみって、ほんと、ヤラシイ女だな」と笑われながら、服を脱がされ、だらしなく濡れていったあの日。

あの日も、あの日も、あの日も——。

男の金と力と欲によって与えられた喜びによって、あたしは骨抜きにされているってことなのか、身も心も。なんなのこれは。まるでペットみたいだ、と思いながら同時に「先月の生理はいつ始まったっけ」と、急に不安になって、卓上カレンダーをめくってみる。大丈夫？

大丈夫だった。今月の生理はもうちょっと先だ。

動物カレンダーの五月の子犬を見つめながら、ペットのままでいたくない、と、まりもは思う。支配に甘んじているペット。いつもご主人様の顔色をうかがっているペット。解放されると、かえって自由に生きられない。そんなペットでいたくない。

ああ、いやだ。あたしがひとりで鬱々と、悶々としているとき、修くんはのうのうと、どこで、何をしてるんだろう、誰と。

まりもは、ノートパソコンを開いて、メールを書き始めた。連絡は、ＬＩＮＥで取り合っている。ただし「緊急の用事がない場合のＬＩＮＥは厳禁」と、きつく言い渡されている。「必要な連絡は、俺からする」と。だから、ＬＩＮＥじゃなくてメールで、気持ちを伝えてみようと思った。一行だけ書いて、やめた。修くんは、会社以外の場所ではメールなんて読まないし、仮に読んでも、返事なんか送ってこない。デリートされて、終わりだ。

ねえ修くん、今、どこで、何をしているの。

どこで、という言葉が自動的に「向こうで＝自宅で」に変換されたとき、まりもは身震いした。やだ、あたし、嫉妬してる。こんなの、昭和のださいテレビドラマみたいだ。気持ち悪い、信じられない。女の嫉妬。犬も食わないドロドロ、勘弁してよ。

よし、こうなったら、決まりを破ってやる。あたしをこんな目に遭わせている罰だ。遅かれ早かれ、切れてしまう関係だ。違う、こっちから切ってしまう関係だ。ならば、鎖を切る前に、揺さぶってやる。ペットの反乱だ。

新手のゲームに挑むような気になっている。

⁂

「さ、乾杯しよう。かんぱーい！」

修に促されて、ガラスの猪口《ちょこ》を持ち上げ、テーブル越しに笑顔を交わす。見慣れた夫の笑顔に、愛里紗は柔らかな視線を向けている。修の目尻の皺が好きだと思っている。年を重ねるごとに、味のあるいい笑顔になっていく。

冷酒をひと口、味わってから、

「修さん、ありがとう。忙しいのに、こんな時間を作ってくれて」

素直に感謝の言葉を口にする。この人はまだ、きょうが誰との、なんの記念日なのか、わかっていないのかしら、と思いながら。

だから、食事の途中で、

「ところで、もう何年になるのかな、最初にきみの本が出てから」

しみじみした口調でそう言われたとき、愛里紗はまるで、ご飯の中に紛れ込んでいた砂粒が舌に当たったかのような違和感を覚えた。

「私の本」

という声は、修の耳には届かなかったようだ。届かなくて、よかった。

「あれは本当にいい本だった。とても初めての仕事とは思えなかったよ。愛里紗の装幀が上出来だったから、あの本は売れたんだよ。実際にそういう書評も出てたよね。あの作家、名前は忘れたけど、得したよな、愛里紗に装幀をしてもらって」

驚かされた。

彼の言う「記念日」とは、愛里紗の装幀した本が出版された日のことを指していたのだ。それまでは、プロの装幀家のアシスタントとしてやってきた仕事を、初めて、愛里紗ひとりで手がけた。つまり、装幀家としての、きょうは独立記念日なのだと。そういえばあの本は五月に出た。五、六年前ではなかったか。年も正確に覚えていない。日付なんて当然、覚えていない。

「今までずっと、お祝いもしてやれなかっただろ。ずっと気になっててさ。いつか、こういうお祝いをしたいと思ってたんだ。遅くなったけど、おめでとう」

だから、薔薇の花をあんなにたくさん。

愛里紗は自分自身に対して、内心の驚きを隠せない。自分がすっかり忘れていることを、この人は覚えていた。彼は私の「仕事」を評価している。これは喜びではない。もしかしたら私は、この人のことを何もわかっていないのかもしれない。

巧妙な嘘をつかれるよりも、見え透いた嘘をつかれる方がいい。浮気ひとつされないよりも、適当にされた方がいい。その方が気が楽。愛里紗は修に対して長年、そんな風に思ってきた。つまり、誠実さよりはいい加減さを、几帳面さよりはだらしなさを良しとしてきた。同類だと信じていた夫に、こんな誠実さがあったとは。

愛里紗はそのことに不安を感じ始めている。ぼんやりと。いったいなぜ不安を感じるのか、わからないままに。

＊＊＊

いい感じになってきた、と、修はさっきからほくそ笑んでいる。

重箱の料理は、ほとんど片づいている。今さらながらに、妻の手料理というのはいいものだと感心させられた。装幀もうまいけれど、料理もプロ並みだ。それをまったくひけらかさないのは、育ちのよさのなせるわざだろう。

酒にはさほど強くない、愛里紗の頬がほんのり桃色に染まっている。こういうとき、彼女の胸のあたりには、桃色の斑点が浮かんでいる、ということを修は知っている。知ってはいるものの、だから洋服を脱がせて確かめてやろう、とは思っていない。

あの手この手を使って満足させてやらないと、すぐに口を尖らせて文句を言い始める女たちと違って、クールな妻と差し向かいで過ごす、和やかな時間、穏やかな時間というのはいいものだ、と、修は満足感に浸っている。「今度はいつ会えるの」「もっと会いたいの」とせがまれ、泣き付かれなくても済む関係とはいいものだ、と。

悦に入っているまっさいちゅうに、リビングルームのコーヒーテーブルの上に置いてあったスマートフォンが震えた。

十時過ぎだ。

会社からだな、と思って立ち上がる。東京の金曜の午後十時は、ニューヨークの金曜の午前九時だ。向こうで進行中の、火急の懸案がいくつかある。

おそらく、朝いちばんにニューヨーク支社から入ってきた問い合わせのうち、修の判断を必要とする事柄に関して、秘書が連絡を寄越したのだろう。

「ちょっとごめんな。すぐに終わるから」

「ゆっくりして。私はデザートの用意をするから」

同時に愛里紗も立ち上がって、キッチンへ向かう。

楚々としたうしろ姿がいい、と、修は思う。

＊＊＊

《約束を破って、ごめんなさい。どうしても会いたくて。連休中ずっと会いたかった。寂しくてたまらなくて我慢できなくて。これを読んだら電話して。たったひとことでいいので声を聞かせて。きょうは記念日だよ。忘れたの？》

書いては消し、消しては書き、何度も何度も打ち直して、推敲に推敲を重ねてから、まりもは送信ボタンを押した。

可愛い女、一途な女になり切って書いた、つもりだった。「声を聞かせて」と書いたのは、たとえば家で、奥さんといっしょに過ごしていると仮定して、どこか別の部屋に籠もるとか、ベランダに出るとか、そんな風にして「好きなのは玉木だけだよ」と、電話で愛の言葉を口にさせたいと思ったからだ。とりあえず、電話をかけさせることができれば、こっちのもの。そのあとは一気に攻める。

送信して一分も経たないうちに、ＬＩＮＥに返ってきたメッセージはこうだった。

《ルール違反は困ります。約束を守れない女は最低です。現在、重要な商談中につき、

ご連絡はご容赦ください。電話は当然NGです。》

最後にスタンプが付いている。修がいつも使っている、パンダのスタンプだ。パンダは怒った顔をしている。修が本気で怒っていないのだということだけは、わかる。

でも本当に、商談中なのか。もしかしたら、奥さん以外の女との商談なのではないか。場所はベッドの上。もしもそうなら、そうでなくても、あたしは許さない。

まりもは、全神経を指に集中させた。

《商談が終わり次第、来て。途中で切り上げて、来て。会いたいです。来なかったらどうなるか、わかんないよ。困ったことになるかも。》

脅しの戦略は、木っ端微塵に吹き飛ばされた。

《無理だ。これ以上、連絡してくるな。終わりだ。》

＊＊＊

「六月か、七月にね、英ちゃんが日本に戻ってくるみたいなんだけど、二、三日、うちに泊めてあげてもいいかしら」

ダイニングテーブルの上をざっと片づけたあと、愛里紗は自分のためにブランデーを注いだグラスを手にして、リビングルームのソファーに腰を下ろしている修の向かい側に座ると、開口一番、そう言った。すみれの砂糖漬けは、出さないことにした。深い理由はない。なんとなく違う、と思っただけのこと。ううん、そうじゃない。美しいものは、ひとりで味わうに限る。

修はすでにブランデーを舐め始めている。

「もちろんいいよ。何泊でも好きなだけ、してもらったら。帰国の日程はどうなってるの」

「さあ、まだよくわからないの。最初は鎌倉に滞在するんだと思うけど、そのあとのことは何も」

「せっかくのチャンスなんだから、ふたりで旅行にでも行ってくれば」

「そうね、それもいいかもしれない」

「泊まりたいホテルがあったら、俺、取ってあげるよ」

修はホテル業界には顔が利くから、どこへ行っても、スイートルームに泊まれる。でも、行かないだろうなと、愛里紗はぼんやりそう思っている。

修は、愛里紗と英里華が「顔形も体つきもそっくりだね」ということ以外には、妹のことを何も知らない、と、愛里紗はぼんやり思っている。本当に仲がいいのか、というと、実はそうでもなくて常に距離を置いている、英里華から距離を置かれている、というようなことも。修が英里華に会ったのは、ふたりの結婚式をはさんで、その前後に二、三回ほどだったたか。いずれも、たまたま顔を合わせて、挨拶を交わした程度に過ぎない。

愛里紗は話題を変えた。

修にとって、英里華の話題など、退屈なだけだろうと思った。だからといって、ガーデニングの話をするのもどうかと思う。修が興味を抱くとしたら、やはり仕事の話か。

「そういえば、中条彩江子さんって覚えてる？　私の大学時代の友だちで」

修は数年前に、彩江子からインタビューを受けたことがあった。テーマは「人材管理」で、媒体はビジネス雑誌か何かだった。彩江子は修を「こてんぱんにやっつけてやった」と、修はそんな彩江子を「手のひらの上で踊らせて楽しんだ」と言っていた。

「覚えてるよ。女性解放運動の女戦士だろ。フリーライターっていうか、ジャーナリストって言うべき？　すんごい美人だけど、怖～い人」

修の言い方が本当に怖そうだったので、愛里紗は笑った。

笑いながら、かつて彩江子から「愛里紗の旦那は女の敵よ」と言われたことを思い出している。「そういう男と暮らしている愛里紗も女の敵」と、眉を吊り上げて。

「彼女からね、このあいだ、人と仕事を紹介されたの。仕事になるかどうか、まだわからないけれど、なんとなく、彩江ちゃんのお気に入りの人みたいだった」

「へえ、どんな人」

修は身を乗り出してきた。

結婚していた人から暴力を振るわれ、家出するような形で離婚して以来、彩江子の周辺に男の影がちらついたことは、一度もなかった。少なくとも、愛里紗の知る限りでは。かわいそうな女、と、愛里紗は無意識の領域でそう思っている。一生懸命さは滑稽さである、ということを知らないまま、一生懸命、生きている、哀れな人。

ではあるけれど、愛里紗にとっては、それと友情とは関係がない。友だちとしては、彩江子のことを好いている。嫌う理由がない。ただそれだけの理由で。

「写真家、というよりも写真家志望の若い男の子らしくて、インドを放浪してたこともあって、今は日本国内にある廃墟の写真を撮ってるみたいで、その写真を装幀に使ってもらえないかって、彩江ちゃんから」

愛里紗の説明が終わらないうちに、修が唐突にソファーから立ち上がった。まるで、ばね仕掛けのロボットみたいに見えた。

「愛里紗、悪いね。俺さ、急に、重要な懸案事項を思い出したんだ。今からちょっと、社まで行ってくるよ。ったく、男はつらいよ」

「会社まで?」

さっき届いた連絡に関係している「懸案事項」なんだなと覚《さと》った。行き先は、会社ではないだろう。

「そうだな、行き帰りの時間を入れると二時間か、長くて三時間くらいで片づくはずだから、寝ないで待ってて。あ、もちろん寝てしまってもいいよ」

愛里紗は答える。慈愛にあふれるマリアの笑みをたたえて。

「あわてて帰ってこなくて大丈夫よ。仕事なんだもの、落ち着いて、ゆっくり片づけてきて」

ひとりでゆっくりと、続きに読みふけりたい本が愛里紗にはある。それに、今はとりあえず大ぶりなガラスの容器にまとめて挿してある百本の薔薇を、なんとかしなくてはならない。

そうだ、あした、薔薇の花びらの砂糖漬けを作ろう。

＊＊＊

愛里紗の呼んでくれたハイヤーの後部座席に身を沈めて、修はぷりぷり怒っている。まりもに対して、まりもの作ったこの状況に対して、怒ると同時に、自分に対しても腹を立てている。

不甲斐ない。

何もかもうまくコントロールできているつもりでいた自分が誠に真《まこと》に不甲斐ない。

その一方で、そもそも怒りっていうものは、一見、相手に向けられているようで、その実、自分自身に向けられているものだよな、と、分別臭いことを思ってみたりする。

過去にも、似たような失敗をくり返してきた。一度ならず何度か。愛里紗がそういうことに鈍感でいてくれるからいいようなものの、危ない橋はもう二度とごめんだ。

今度こそ、そうならないように、しっかりと予防線を張り、しっかりと教育してきたつもりだったのに、俺としたことが。

五分ほど続いた怒りは、五分後には嘘のように鎮まって、やがて、まりもの暮らすマンションが見えてきたときには、これから起こすこと、起こることに対して、ある種のロマンティックさを感じ始めていた。第一、あんな小便《しょんべん》臭い小娘に対して、大の大人の俺が本気で怒るなんて、みっともない。滑稽だ。だが、怒ったふりはしないとな、などと思っている。お灸を据えてやらねば。

あいつめ、俺に、俺のいやがることをしやがって。

何が記念日だ。おまえとの何を記念する必要がある。

泣かせてやる。

飼い主に楯突いたペットには、それ相応の罰が必要だ。

子どもの頃から、女の子を泣かせるのが好きで、得意だった。よく先生から叱られていた。

——結城くん、またそんなことをして、女の子を泣かせちゃ駄目でしょ！

悪い子だった。それなのに、俺はいつだってクラスでいちばん、女の子にもてて いた。けれども、この世でただひとり、修にはまだ落とせていない女がいて、それゆえに、修はその女に執着している。それが自分の妻であるということに、修は気づいていない。

***

《無理だ。これ以上、連絡してくるな。終わりだ。》

それは、まりもを凍り付かせてしまうのに、じゅうぶんな冷酷さと非情さを併せ持った言葉だった。

そうか、終わってしまったのか。

終わりにするのは向こうからではなくて、こっちからのはずだったのに。

くやしい。情けない。腹立たしい。そうじゃない。

悲しい。

今夜、初めて「悲しい」という形容詞が浮かんできた。

言葉を追いかけるようにして、まりもの胸の中に悲しみがあふれた。まるで壊れた蛇口から水が流れ出すかのように。

どちらかというとまりもは、悲しいときよりも、くやしいときに泣くたちだ。今は、悲しいから泣いている。ただただ悲しい。捨てられた自分が哀れでならない。

ひとしきり涙を流したあと、まりもは洗面所へ向かった。

涙と鼻水でぐちゃぐちゃに汚れた顔をごしごし洗う。鏡に映っている顔を見る。まぶたが腫れている。敗北者。捨てられた犬。しみじみ、かわいそうな女だなと思う。思いながら、口角を上げて、笑顔を作ってみる。

うん、可愛い。まだまだ行けるよ、これなら。

冷蔵庫の奥で眠っているワインを飲んで泣いて、それから、ベッドの中で音楽を聴きながらまた泣いて、泣きながら眠ろう。泣き寝入りをしよう。あしたの朝、起きたときには、まぶたが開かなくなっているくらい、泣こう。この涙は、デトックスのための涙だ。体に溜まっていた老廃物を流すための涙。すっきりした心身を取り戻すために必要な涙。捨てられた犬は鎖から解き放たれて、自由になった。そういうことなのだ。

まりもの立ち直りは早い。

パソコンの前まで戻ると、櫻から教わっていた「パパ活」のサイトに入った。こうなったら、新しい男を探してやる。あたしにこんな悲しい思いをさせない男を見つけてやる。パタパタとキーボードを打っているさいちゅうに、玄関のインターフォンが鳴った、ような気がした。

気のせいだろうと思った。

だって、こんなに夜遅く、訪ねてくる人なんか、いないもの。

気のせいではなかった。

インターフォンに応じなかったせいか、今度は乱暴にドアを叩く音がする。

叩き方でわかった。

あわててパソコンを閉じると、玄関のドアに向かって、突進していく。

ああ、こんなことが起こるなら、まぶたが腫れるほど、泣いたりするんじゃなかった。悲しんだりして、損した。

ドアをあけると、荒々しい男の瞳に睨み付けられて、まりもは一瞬、たじろいだ。

怒っている。

修くんが本気で怒っている。

怖い、と思いながらも、まりもは頭のかたすみで、勝ったと思っている。いったい誰に、どんな敵に勝ったのか、わからないものの、とにもかくにも、この人をここに呼び寄せることには成功した。

「来てくれて……」

うれしい、という形容詞が出てきそうになるのを止めた。うれしいなんて、言ったら負けだ。「帰って」と言わなくては。「終わりなんでしょ」と。

「悪い子だよ、おまえは」

玄関口のマットの上で、怒り心頭に発した男に抱きすくめられ、息も絶え絶えになっているこの状態を、まりもは、この上もなくロマンティックだと感じている。ついさっきまでださいと思っていたはずの、昭和のドラマの男と女みたいに、ロマンティック！

あたしは勝利した。

少なくとも今夜のこのゲームには。

第四話　お仕事はここまで

Wrapping Up a Business Meeting

「雨の日の動物園」――。

少女時代に書いた作文のタイトルと内容を、中条彩江子は思い出している。上野公園の敷地内にあるカフェで、これからインタビューを受けてくれる人を待ちながら。あれは、中学一年生のときだった。将来は、物を書くことを仕事にしたいと、あこがれるようになっていた。

文芸クラブに入っていた彩江子の書いた作文を、顧問の教師は「よく書けている。動物園に漂う独特な憂いや、ライオンの悲しみのようなものが伝わってくる」と、褒めてくれた上で「タイトルが良くない」と言った。

――なんだか、小学生の作文のタイトルみたいじゃない？　きっと、動物園という言葉がまずいんだと思う。動物園、と書いたとたんに、そこから文章が腐ってくる……って言うと、言い過ぎかもしれないけど、世界が狭くなってくるでしょ。動物園という言葉をどういう言葉に替えたらいいのか、それは中条さんが自分で考えてみて。

一晩中、悩みに悩んで、彩江子は「雨の日に檻の前で」に直した。教師が「これでいい」と言ってくれたのかどうかについては、思い出せない。

今の私ならきっと「雨の日のライオン」と付けるだろう。なぜライオンなのか。中学時代にあこがれていた仕事に就けているはずなのに、なぜか、百点満点の満足感はない。そんな自分が檻に閉じ込められたライオンみたいだから？

彩江子は顔を上げ、窓の外に広がっている広大な公園を眺める。

傘を差して行き交う人々。降りしきる雨の中、仕事場へ急ぐ人たち。雨合羽を着て、犬に散歩をさせている人。相合傘で歩くカップル。

七月の第三週に入って、梅雨も明けたと思っていたのに、きのうもきょうも、朝からしとしとじめじめ、降ったり止んだりをくり返している。

こういう雨を「戻り梅雨」というのだったな、などと思いながら彩江子は、バッグの中からスマートフォンを取り出し、辞書機能を立ち上げて「戻り梅雨」と、打ち込んでみる。「残り梅雨」「返り梅雨」「女梅雨」「男梅雨」「送り梅雨」「走り梅雨」「迎え梅雨」「荒梅雨」――まだまだある。

梅雨だけでもこんなに、と、今さらながらに日本語の豊かさに感じ入っていると、メールが一通、着信した。

《本日の結城さんとの打ち合わせ、がんばりたいと思いまーす。応援してて、ね。のあとに絵文字。世良晴人からだった。

彩江子はあわてて返信する。胸のときめきを鎮めるのに苦労しながら。

《はーい、がんばって！　応援してる。成功あるのみ。今夜はお祝いの乾杯だ、ね！》

メールを送信すると同時に、天井から、温かい雨のようなものが降り注いでくる。それは、大地を潤す雨のように、彩江子の胸の空洞を満たしてゆく。

＊＊＊

「行ってらっしゃい。気を付けてね」

いつものように、夫のためにでは決してなく、甲斐甲斐しく、手間暇をかけて朝食を作り、いっしょに自分もほんの少しだけ食べ、ウォークインクローゼットの鏡の前で夫の着替えを手伝い、ネクタイを選んで手渡し、頑丈な砦を思わせるような背中に向かって、優しく声をかけて送り出した結城愛里紗は、深い考えもなく、買ったばかりの浅葱《あさぎ》色の長い巻きスカートに、紺色のTシャツと生成りのカーディガンを合わせて、仕事場へ向かった。

天気のいい日には途中まで、気分転換を兼ねて歩いていくこともある。

きょうは雨だから車を呼んだ。

乗り込んでから「あ、傘を忘れた」と気づいた。すぐに思い直す。マンションの地下の駐車場で降ろしてもらえば、濡れることはない。

打ち合わせのあと、ランチの約束。ビニール製の傘をどこかで買えばいいと、愛里紗は思ったりしない。透明なビニール製の傘が嫌いだ。あんなものを買って濡れずに歩くよりも、濡れた方がましだと思う。

そのあとに初めて、愛里紗は、これから打ち合わせをすることになっている「世良くん」に思いを馳せた。世良くん、は、彩江子の呼び方で、愛里紗にとっては「世良さん」だけれど。世良さん、いったい、どんな人なんだろう、と。でもそれは、世良さんに関心があるからでは決してない。関心はないに等しい。ただし、彩江ちゃんが気に入っている人、という部分を除いて。

実際、愛里紗は、彩江子からメールと電話で紹介されて以来、きょうまでずっと、世良晴人という人物のことを考えもしなかったし、想像すらしなかった。すっかり忘れていた、と言ってもいいだろう。愛里紗の関心事は、家の庭やマンションのベランダの植物の育ち具合、その日、作る予定にしている料理のこと、そして、アメリカから一時帰国してきたばかりの妹のことなどで占められている。

新規の装幀の仕事が入ってきたときでいいから「もしも使えそうなら、使ってあげて」と、彩江子から珍しく頼み事をされ、晴人の撮った写真がメールに添付されたファイルで送られてきたのは、二ヶ月ほど前のことだった。

ざっと目を通して、第一印象としては「悪くない」と思っていた。インドの写真は装幀に使うのは難しい、と思ったものの、廃墟の写真は、使えるかもしれない。もちろん、この写真に合うような作品の装幀を手がける機会が巡ってくれれば、ということだけど。

「一度、会うだけでもいいから、会ってみて」という彩江子からの申し出に対しては「具体的な仕事になりそうだと、わかってからにする」と、やんわり辞退しておいた。

彩江子は残念そうにしていた。少なくとも愛里紗にはそう思えた。

彩江ちゃんたら、ずいぶん「世良くん」に入れ込んでいるのね、と、そのとき愛里紗は頬に苦笑いを浮かべていた。

愛里紗の心の振れ幅は、それ以上でも以下でもなかった。

世の多くの女性たちが勘ぐるようなこと、たとえば、彩江子は十四、五歳も年下の男の子に執心している？　といった邪推は、愛里紗とは無縁だ。愛里紗にとっての重要事項とは、自分と自分を取り巻く世界の、優雅さと美しさ、だけなのだから。

だからその朝、玄関のチャイムが鳴って、ドアをあけたとき、そこに立っている晴人の、長い足にダメージジーンズがよく似合っている、というようなことよりも、彼の抱えている紫陽花の鉢植えの方に、愛里紗は気を取られた。見るからに高価な壺だとわかる。もしかしたら、備前。火襷《ひだすき》の入った壺の中で咲き揃っているのは、前々から欲しかった、白い額《がく》紫陽花。

まあ、きれい。素敵なセンス。なんて気が利くんだろう。ベランダにあとひと鉢、ちょうど、こんなのが欲しかった、と、思いながら愛里紗は目を細めた。

＊＊＊

ほぼ二年ぶりの日本だった。

相変わらず、ちまちましている。騒音が激しい。人が多い。駅でも商店街でも、不必要なアナウンスメントがうるさい。向こうからぶつかってきておいて、謝ろうともしないどころか「ちっ」と舌打ちまでする人がいる。街角でも、駅前でも、駅構内でも、電車の中でも、病院の広告がやたらに目立つ。朝から「肛門科」とか「産婦人科」とか「痔を治します」とか「ハゲでお悩みの方に」といった文字を見せ付けられている人たちは、いったいどう思っているのだろう。

その前の帰国のときに感じていたことと、ほとんど同じことを思いながら、島崎英里華は自動改札をくぐり抜け、鎌倉から東京へ向かう電車のグリーン席に腰を下ろした。

ほっとひと息ついて、窓の外に目を向ける。

雨のしずくがガラス窓に、不思議な模様を描いている。

窓の向こうに広がっている景色を熱心に眺めながら、英里華は、さっきまで思っていたこととはまるで反対のことを思う。

それでもやっぱり日本は美しい。

日本の自然は美しい、と言うべきだろうか。あるいは、日本の花鳥風月は美しい、と。要は、ディテイルが美しいということか。

アメリカの大自然は、確かに素晴らしい。壮大、雄大、無限大、というような言葉がふさわしい。特に、一、二年ほど住んでいたアリゾナ州の自然は、圧巻だった。けれど、日本の自然の細部の美しさには、到底、敵わないだろうと思う。

だから、住むのはアメリカ、旅人のようにときどき帰ってくるのが日本、という、ここ十年ほどのライフスタイルを、英里華は気に入っている。

——鉄砲玉のように飛び出したきり、いつまで経っても帰ってこない。

——いつまでも独り身で、老後はどうするつもりだ。

などと、両親にさんざん愚痴をこぼされたものの、英里華は、いつものこと、と聞き流しておいた。ただ、四日目になってくるとさすがに疲れを感じて、きょうは予定を変更し、一日早めに、姉の愛里紗の家に移動することにしたのだった。

午前中は都内で一件、新規の仕事の打ち合わせがある。

アメリカ生活をより充実させるためには、日本の会社から安定した報酬を得られるよう、足もとをしっかりと固めておきたい。英里華は数年前から、マンハッタン在住のファッションデザイナーたちに、日本の会社の生産した服飾用の小物、ぼたん、レース、刺繍、ジッパー、アップリケなどを売り込む、という仕事をしている。

打ち合わせのあとには、ランチの約束がある。

ランチのあとは、ホテルへ行くことになるのだろうか。前回できなかった「あのこと」のリベンジをするために。それについては、今はまだわからない。わからないから楽しみなのだ。

ゆうべ、かかってきた電話で、彼から誘われた。

英里華の打ち合わせの場所から、歩いて移動できるところで会えるようにする、と言った上で、

——英里華ちゃんを連れていきたい店がある。思い切りお洒落をしておいで。

初恋の人は、英里華の体の一部が痺れるほど、甘い声を出した。

＊
＊＊

「あの、中条さんでいらっしゃいますか、『週刊ビジネス』の中条彩江子さん」

甘やかな声が頭上から降ってきた。

梅雨空とは似ても似つかない、さわやかなオレンジ色のワンピース。スカートの裾には白いかもめの模様。伸ばした爪にパールホワイトのマニキュアを施した手には、みずから購入してきたと思われる、飲み物の入った紙コップ。

「あ、気が付かなくてごめんなさい」

あわてて立ち上がろうとする彩江子を制するようにして、はにかみがちな少女を思わせる笑顔の持ち主は言った。

「どうぞ、そのままで。こちらこそ、少し遅れてごめんなさい。今朝、保育園で別れる前に、娘に愚図られてしまって。お待たせしましたか」

「いえ、全然、さっき、来たばかりですので」

答えながら彩江子は一瞬、自分を取り巻く世界に、かすかな亀裂が入ったような錯覚に囚われる。亀裂を押し広げるとその向こうには、まったく別の世界が存在しているのかもしれない。

礼儀正しい立ち居振る舞い。きちんとした言葉づかい。

こんな人が。

幼い娘を保育園に預けたあと、派遣の仕事に出かける前の一時間半。

彩江子のインタビューに応じてくれることになっている、これが「みどり」さん。

当然のことながらこれは仮名で、本名は彩江子には知らされていない。

みどりさんは、五人の若い女性のひとりで、男性編集者の考えた特集記事の仮タイトルは「男を買う女たち」というのだった。

＊
＊＊

キッチンでお茶の用意をしながら、

「世良さんも一度、ゲラを読んでみられますか。それとも、写真の選択は、私たちにお任せ下さる？」

問いかけた愛里紗に対して、リビングルームにいる晴人から返ってきた答えは、こうだった。

「もう、何もかも、結城さんにお任せさしてもらいます。もう、使ってもらえるだけでもう、うれしくて、僕からあれこれ言うなんて、そんなおこがましいことはもう……」

「もう」が多い。しどろもどろの口調が「幼いなぁ」と、愛里紗はぼんやり思っている。可愛いとか、微笑ましいとか、好意的な言葉は浮かんでこない。そうか彩江ちゃんはこういうところに惹かれたのか、とか、そんな好奇心も微塵も湧いてこない。

ただ、世良晴人は確かに「きれいな男の子だ」とは思っている。

それは、人に対しても、物に対してもまず、美しいかどうかを基準にして、好き嫌い、得意か苦手かを判断してしまう愛里紗の習い性に過ぎない。

それよりも、約束の時間が過ぎても、一向に姿を現さない編集者のことが気になっている。時間には几帳面な人なのに、どうしたんだろう。事故に遭ったりしていないといいけど。

きょうは打ち合わせのあと、三人で、外でランチタイムを過ごすことになっている。

朝から小雨が降りしきって、部屋の中はちょっとだけ肌寒い。

愛里紗はトレイにマグカップをふたつ載せ、キッチンからリビングルームへ運んだ。

「あの、これ、お口に合うかどうか、わかりませんけど、チャイを作ってみたの」

「わあ！　すみません。チャイなんて、久しぶりです。うれしいです」

晴人の撮影したインドの写真をたくさん見ていたから、だからチャイを作ったのか、というと、決してそうではない。きっかけはそうであっても、愛里紗にとっては「チャイをいかに美味しく作るか」だけが重要なのだ。

晴人がお茶を飲んでいるあいだに、デスクの前に置いてあるパソコンでメールをチェックしてみた。編集者からは、まだ連絡は入っていない。

ソファーにもどって、愛里紗もカップを手にした。

「小説の内容はね、驚かれるかもしれないけれど、とても激しい恋愛小説なの。情事と事情が絡まり合って、最後は、好きになった相手を殺してしまうのね。女性の独白調の文体がざらっとした感じで、ひりひりするような感じもあって、ちょっと怖い小説でもあるの」

「あ、恋愛小説なんですか」

「そうなの、恋愛小説に廃墟の写真って、意外な組み合わせでしょう」

「はい」

「でも、世良さんの写真と小説がぴったり合っているの。それは牧村《まきむら》さんとも合意できているの。作家もあなたの写真を気に入っています。あとは、どの廃墟を選ぶかだけ。あとで牧村さんからも直接、説明があると思います。後日、彼女と私とでまず何点か候補を出してみますから、よかったら世良さんも候補の写真をご覧になってみて」

少しずつ、打ち合わせを進めていく。牧村さん、早く来てくれないかなぁ、と、漠然と不安に思いながら。私はどうして、いったい何が不安なの、などとは思っていない。

それよりも何よりも、愛里紗はさっきから、晴人の肩越しに見える、窓の外の雨に見とれている。光の加減なのか、角度のせいなのか、雲の中から落ちてくる小雨が銀色に光って「きれい」と。そうして、ふと、目の前の若い男の顔に視線を当てたとき、人中《じんちゅう》、すなわち、鼻の下のくぼみと、上唇の形が「きれい」と、愛里紗は気づく。

きれいな男の子。

＊＊＊

列車の揺れに身を任せながら、英里華は今夜、二年ぶりに顔を合わせることになっている姉の愛里紗のことを思っている。アメリカと日本の違いを思い浮かべるようにして。

双子なのに、姿形はそっくりなのに、考え方も性格もまるで違うんだよねぇ、というのが両親を含めて、愛里紗と英里華の両方を知っている人たちの言い草だった。

確かに、幼い頃から、英里華は活発で、外向的で、愛里紗はおとなしくて、内向的な少女だった。愛里紗は絵本とおままごとが大好きで、英里華は外で男の子たちと遊ぶのが大好き。中高生時代には、スポーツを観るのもするのも好きで得意な英里華と違って、愛里紗は、スポーツと名の付くものには無関心。愛里紗の好きな料理と園芸が英里華は苦手。大学時代から、衣替えをするようにボーイフレンドを取り替えていた英里華と違って、愛里紗は結婚するまでバージンだった。

そういえば、ひとつだけ、共通点があった。

英里華の頬に、笑みが浮かんでくる。

それは、好みの俳優や歌手が見事なまでに一致していたこと。要は男の好みだけが同じだった。英里華が夢中になったタレントには必ず、愛里紗も夢中になったし、愛里紗が「あの人、ちょっといいね」と言う人は、英里華も「前からそう思ってた」人だった。

たとえば、愛里紗と英里華が生まれる前から活躍していて、ふたりが十代の頃にはすでに大スターの座を獲得していた、あの歌手。ふとしたきっかけで夢中になり、若い頃の写真やCDを集めた。高校時代には、ファンクラブに入っていたこともある。

——誰よりも、歌がうまいね。

——ロックとジャズを、歌謡曲として歌える人は、ほかにはいないね。

——声がいいの、ほら、高音のところで、ちょっと裏返るところ。

——ドラムも叩けるんだよね、バイオリンもギターも弾けるし。

ふたりでお熱を上げていた。

青春時代にありがちな熱はそのうち自然消滅してしまったものの、つい二ヶ月ほど前に、歌手の訃報を知った英里華は、アメリカでひそかに胸を痛めた。心のかたすみではずっと、彼のファンでい続けていたから。

愛ちゃんは飽きっぽくて、私は一途に思い続ける。やっぱり正反対よね、と、英里華は思う。電車のガラス窓に映っている、自分の顔を見つめながら。

愛ちゃんは、人に対しても、物に対しても淡白。私は執着体質。

果たして、そうだろうか。逆もまた真なり、と、すっかり忘れていた日本語の言葉が胸によみがえってくる。愛ちゃんは心の奥に、烈《はげ》しいもの、残酷なもの、黒々とした蛇のようなもの、この私が抱え込んでいるものと、そっくりなものを、実は抱えているのではないか。ただし、私と違って、そのことに、本人はまったく気づいていない。きっと、そこが愛ちゃんの愛ちゃんたる所以《ゆえん》なんだわ。

愛里紗がすっかり忘れているであろう、あの言葉を、英里華はいまだに覚えている。

あれは「天災発言」だった。

大学時代にアルバイトをしていた会社で知り合った人に、奥さんがいるとわかっていながらも熱を上げてしまったとき、愛里紗が英里華にくれたアドバイス。

泣き濡れている妹の肩を抱き寄せて、愛里紗は言い放った。

——そんなに好きなら、とってしまえば。

とる、イコール、盗る、だとわかったときの驚きを、英里華はなつかしく、ほろ苦く、思い出している。

愛ちゃんは私に、泥棒を勧めたのだ。

＊＊＊

「なんて言えばいいのかな。適切な言葉が思い浮かばないんですけど、私の感覚としては、体を売ってるわけではなくて、時間と体を有効に使ってお金を買ってる、とでも言えばいいのかな。真面目で真剣な、これはビジネスなんです。そういう意味では、世の中の普通の会社員や、中条さんがなさっている仕事と、どこも変わらないんじゃないかなって思ってるんです」

お金を買う。

彩江子は、手もとのメモ帳に素早くそう書き留める。これは、このインタビューを原稿にまとめるときのキーワードになりそうだと思っている。この人は「男を買っている」わけではなく「女を売っている」わけでもなく「お金を買っている」のか。

お金を払って、何かを買う。たとえば、お金を払って本を買う。

何かを売って、お金を得る。たとえば、古本を売ってお金を得る。

同じように、彼女は時間と体を売って、お金を買っている。

彼女にとって「売る」とは有効に「使う」ということであり、お金を「得る」とはお金を「買う」ということなのか。すべては同じ、正当な経済行為じゃないか、というようなことをこの人は言いたいのか。

頭の中で言葉の交通整理をしながら、彩江子はメモを取る手を止め、みどりという名の女性の、透き通った笑顔の向こうに、透けて見えるものを見ようとする。何かどろどろしたようなもの、濁ったものがそこにあるのではないかと思って。

しかし、何も見えてこない。彼女のかぶっている仮面は分厚い。あるいはこれが素顔なのか。

「なるほど。従来ですと売買春は、女は体を売ってお金を得る。男は金を払って女を買う、と表現していたわけですが、みどりさんは、そうじゃないんだと、おっしゃりたい？」

あえて「売買春」という言葉を発してみた。

編集者から事前にもらっていた人物紹介の欄には、みどりは「午前中は派遣で会社の事務職。午後から夜にかけて、ネットサイトで知り合った男たちに『デートサービス』をして金を稼ぐ。金額は、費やした時間と内容による。シングル、子どもあり、実家は資産家。きわめて裕福。金には困っていないと思われる。なので、真の目的は男を買うことなのではないかと推察」と記されていた。

「はい、売春ではありません。私、一方的に春を売ってるつもりはまったくないです。さきほども申し上げた通り、これは仕事。いわゆるセックスワークですので」

セックスワーク、と、メモを取り、彩江子はその言葉の下に二重線を引く。

引きながら、ついに上陸したか、と思っている。かつてアメリカからセクシャルハラスメントという言葉が日本に上陸して「セクハラ」として定着したように、これからはセックスワークと、それに従事するセックスワーカーという言葉が上陸し、大手を振って歩くようになるのか。

現在のアメリカのフェミニズムは、ひと昔前と違って、みずからの意志で性産業に従事する女性たちを認め、肯定していこうとする傾向にある。そのことは彩江子も承知しているし、自分なりに理解もしているつもりだ。

日本ではどうか。日本では、まだそこまで、女性の「性」の自立や捉え直しはできていないのではないか。それどころか、社会の裏で蔓延っている性産業によって、育児放棄や幼児虐待が野放しにされている、という酷《むご》い現実もある。ついこのあいだも、巷ではソープ嬢と呼ばれているうら若い女性が幼い子どもたちをマンションの一室に閉じ込めたまま、仕事で疲れた心身を癒すためにホストクラブに入り浸って、餓死させてしまったばかりだ。

日本の若い女性たちを、なんとかして、性産業から守れないものか。少女たちを守ってあげたい。そういうムーブメントを社会に起こしたい。

これが彩江子の痛切な願いである。

柔らかな笑みを浮かべたまま、目の前の若い女性に問いかけてみる。

「たとえば、ご自身の娘さんが成長後、同じ仕事をされることに抵抗はないですか。体と時間を有効に使う、ということからすると、あなたにできる仕事は、ほかにもたくさんあるように思えるのですが、なぜ『男を買う』という仕事に、魅力を感じておられるのでしょう」

あえて、男を買う、と言ってみた。

いったいどうして、どこから、こういうことになってしまったのだろう。「ひょんなことから」という言い方がふさわしいのかどうか、わからないけれど、あれよあれよというまに、こんなことになってしまった。

なんだか、誘拐されてしまったみたい、と、愛里紗はどこか他人事のように、自分の置かれている状況を楽しんでいる。

まさか、楽しんでいるの。

その答えがイエスであることを、楽しんでいるのかもしれない。

＊＊＊

大通りからふた筋ほど、奥まったところにある脇道に入って、小さな公園のそばに停められた車の後部座席で、愛里紗は所在なく、雨に濡れた公園内の木立に目を向けている。さっきまで降りしきっていた小雨が上がって、樹木の緑が艶やかに輝いている。

発端は、編集者からかかってきた電話にあった。彼女は、息急き切った口調でひたすら詫びた。

「印刷所で火急の用件が発生してしまい、そちらへは行けなくなりました。ごめんなさい。ふたりで打ち合わせをして下さい。よかったらランチもぜひ。世良さんもそのつもりで来られてるでしょうし、社の経費でお願いします」

その時点で、時刻は十二時近くになっていた。

さて、困ったことになった、と、愛里紗はまず思った。

打ち合わせはなんとかこなせたものの、ランチのお店はどうすればいい。店を探したり、情報を調べたりするのは愛里紗の得意とするところではない。仕事関係者とはいえ、若い男とふたりきりで外食、というのもなんとはなしに気詰まりだし、外で食べるよりは、ここで簡単なものを作って出す方が簡単だし気も楽。だけどあいにく、今、仕事場の冷蔵庫はほぼ空っぽだ。

悪いけど、ランチはなしにして、この人には帰っていただこうと思い、説明を始めようとしたところ、すかさず、

「あの、それやったら、僕の気に入っている店にご案内させてもらえませんか。友人の車で来てるし、そうやな、五分もあれば着けますし、帰りもここまでお送りさせてもらいますし」

長いまつ毛をぱちぱちさせながら晴人は、愛里紗を誘った。

とっさに、断る理由を思い付くことができなかった。こういうときに、ぱっと適当な理由を思い付けるほど、愛里紗は場数を踏んでいない。

五分で行けるなら、と思って、車に乗った。

十分後に着いたのは人気《ひとけ》のない裏通りの公園のそばで、晴人は「ここで待ってて下さい。すぐ戻ります」と言って車を降り、降りたかと思うとすぐに引き返してきて「後部座席に座ってて下さい」と言いながら、愛里紗をうしろの席に誘導した。

なぜ、後部座席なの。

あなたの気に入っているお店は、どこにあるの。

というような問いかけは、愛里紗の口からは、出てこなかった。晴人のやり方はあまりにもスマートで、相手に有無を言わせないような自信に満ちていたし、そもそも、こういうことに不慣れな愛里紗が疑問を言葉にする隙さえなかったのだった。

＊＊＊

《今、到着しました。ロビーです。》

あらかじめ指示されていた通り、待ち合わせ場所のホテルの玄関ホールからＬＩＮＥでメッセージを送って、つと顔を上げると、ロビーの続きにあるティーラウンジの方から、まっすぐに英里華を目指して歩いてくる、結城修の姿が目に飛び込んできた。

その瞬間、英里華は突然、自分が映画の主人公になったような錯覚に陥る。演技をする喜びと苦しみがあわただしく体内を駆け巡る。

会うのは二年ぶり。だけど、気持ちとしては、五年ぶりくらい。

ひどく待ち遠しかったようでもあり、実はこんな風にしてふたりきりで会いたくはなかったようでもある。正反対の思いに、胸を切り分けられている。

大嫌いなのに、大好きな人。

姉の夫。いったい、私はこの人のことをどう思っているのか。アメリカに戻れば、ボーイフレンドには不自由していないし、日本で私の帰りを待っている男は、この人ひとりじゃないのに。

「やあ、英里華ちゃん、お帰りなさい！　ようこそ日本へ。待ってたよ。ずっと会いたくて、楽しみにしてた」

この声と笑顔が好き、と、英里華はまず思う。

かつて姉妹で夢中になっていた「あの歌手」の声にそっくり。

素敵なのは、声だけじゃない。相変わらずダンディでかっこいい。たぶんイタリア製だろう、個性的なデザインのスーツを嫌味もなくすっきりと着こなしている。日本人男性にしておくのは、もったいない。愛ちゃん専用の男にしておくのも、もったいない。わざと蓮っ葉にそう思ってみる。

お義兄《にい》さん、素敵、と、言いそうになるけれど、言わない。

「ジーンズもいいけど、英里華ちゃんは、ドレスも似合うね」

英里華もドレスアップをしてきた。アメリカでは着る機会もない、シルバーがかったグレイのタイトなワンピース。スカート丈は、膝上三センチ。足の形がきれいに見えるピンヒール。普段はいっさい付けないアクセサリーもいくつか。

「おなか、空かせてきた？」

「ぺこぺこよ」

「そう、それはよかった。じゃあ、行こうか」

「忙しいのに、ありがとう。時間を作ってくれて」

「どう致しまして。忙しくないよ。きょうの業務はもう終わった。これからがほんとの仕事」

「嘘、これって、仕事なの」

「昼間から、水も滴るいい女と逢い引きする。これって、男の仕事だろ。文字通り、ビジネスミーティング」

修は英里華の肩に軽く手を添えて、歩き始める。

憎たらしいくらい、エスコートが様《さま》になる男だ。こういう男を、日本の女たちは「勘違い男」って思うのかもしれない。でも、私は思わない。勘違いしているくらいがちょうどいいのだ、男というものは。

「こっちだよ、ちょっとだけ遠回りになるけど」

ホテル内のレストランへ行くために、エレベーターホールへ向かうのかと思いきや、修はなぜか、だだっ広《ぴろ》いティーラウンジの方へ英里華を誘導していこうとする。まるで、ティーラウンジの客たちに、英里華を見せびらかそうとしているかのように。

そういうことなら、と思い、英里華は背筋をぴんと伸ばして、胸のラインを強調しながら、ファッションモデルみたいに闊歩して見せる。こういう遊びは昔から大好きだ。

広々としたティーラウンジの中央で、ピアニストがモーツァルトを弾いている。

ちょっと、どうなのよ、と、英里華は思う。

今のアメリカではモーツァルトはお年寄りの音楽よ。しかも八十歳以上の白人の好む音楽。英里華の見立てでは「ロリコン趣味のおじさん受けしそうな女」の弾く、上手でも下手でもない、所詮は、バックグラウンドミュージック。どうせなら、ジャズでも弾けばいいのに、と、内心、見下しながらも、英里華は彼女に同情している。誰も聴いていない場で、誰のためでもない演奏をする。これが彼女の仕事なんだろうと思って。

修はなぜか、痩せぎすの若い女性ピアニストのそばを通り抜けるとき、英里華の肩を強く抱き寄せた。まるで、ピアニストに、英里華を見せ付けるかのように。

＊＊＊

「沙雨《さう》」――。

複雑に入り組んだ路地裏の突き当たりに佇む、古民家風の一軒家。路上に置かれている立て看板で店の名を確認して、彩江子は暖簾をくぐった。

「沙雨」とは細かい雨のことで、店名の由来は、白居易《はくきょい》の詩「江州を望む」の一節「水煙沙雨、黄昏ならんと欲す」にあるという。

みどりと別れて、上野駅へ向かうときには降っていた沙雨は、ほっとひと休みをするかのように止んで、案内された個室の格子窓からは、薄陽が射し込んでいる。

写真撮影は数日前に終了していて、彩江子が料理を食べるという取材はきょう、ひとりでおこなうことになっている。

アンティーク風な黒塗りの楕円形のテーブルの前で、彩江子は、次から次へと雨後の筍よろしく出てくる中国料理のコースと格闘した。それは文字通り「格闘」だった。

一品、一品はどれも素晴らしく、素材、盛り付け、共に贅の限りを尽くしているのだと頭ではわかる。しかし悲しいかな、どの料理も、味付けが濃く、量が多い。多過ぎる。お店の人によれば「ひとり分ですよ。ふたりだとこの倍です」という。

電車に乗る前に、駅前の薬局で胃腸薬を買って飲んでおかなくちゃ、などと思いながら、彩江子はそれでも律儀に、生真面目に、新しい皿が届くたびにスマートフォンで記録用の写真を撮影し、お店の人の話をメモに取る。中年女性向けファッション雑誌の巻末ページに掲載される予定の「愉快な仲間と食べ歩記」の原稿を書くために。

　これは彩江子にとって、仕事ではなくて、お仕事である。お金を稼ぐためだけにやっている。いわゆるタイアップ記事。お店から頼まれて、お店を宣伝するために書く。だからネガティブなことは書けない。ただただ褒める。褒めるために、食べ切れない料理を食べる。取材費用はもちろん一切かからない。一万円のコース料理とお土産もお店からの提供。原稿料もすこぶる高い。

　苦手な鶏肉料理を目の前にして、込み上げてくるげっぷをこらえつつ、みどりが体を使って仕事をしているのと、どこがどう違うのだろうと、思ってみたりする。

　お金を得るためのお仕事を月に何本もこなしながら、彩江子は常に「弱者のための幸福な社会」について考えている。どうすれば、日本の若い女性たちが男たちの性欲処理の道具として使われないで済むのか、について。どうすれば、みどりにあのような仕事をさせないで済むのか、について。

＊＊＊

草原を駆け抜けてゆく、若い雄ライオンみたいに美しく、髪の毛をなびかせながら走り去っていった晴人は、五分も経たないうちに戻ってきた。後部座席のドアをあけ、愛里紗の隣にすっと滑り込んでくるようにして座ると、

「はい、お待たせ致しました。本日のランチ。ジャマイカ名物の魚定食でーす」

にっこり笑って、愛里紗の膝と自分の膝、両方の上に、英字新聞紙でくるまれた熱々の包みを置いた。

「ここで、食べるの……」

啞然としながらも、匂いに惹かれて包みを開くと、中から出てきたのはプラスティックの透明な容器だった。小ぶりな鯛の尾頭付きの揚げ物に、玉ねぎとピーマンをソテーしたものがどろっとかかっているだけの素朴な料理。魚の下には、赤飯のように見えるライス&ビーンズ、横には、キャベツと人参とグリーンピースの炒め物と、プランテンの揚げ物が添えられている。

それから、これは何。

「あっ、これが重要なんです。この辛いソース。これをかけたら、なんでもジャマイカン。音楽はレゲエしかありませんよね。今、流します！」

若い男と後部座席に並んで座って、プラスティックのナイフとフォークで、レゲエを聴きながら、怪しげなテイクアウトの料理を食べている。

「きょうはたまたま屋台が出てる日なんですよね。ジャマイカ人と日本人のカップルがやってて、普段は行列ができてるんですけど、さっきはたまたま空いててラッキーでした」

美しくはないけれど、妙に美味しくて、妙に気持ちが弾んでいる、というか、ゆるんでいるというか。飲み物は、晴人のジャケットのポケットから、マジックみたいに出てきた紙パック入りのジュース。

「グアバとマンゴー、どっちにします」

下ろしたてのタイシルクの巻きスカートの上に、ホットソースのしずくをこぼしながら、愛里紗は「まるで青春映画の一場面みたい」と思っている。

美しくはないけれど、悪くはない。

＊＊＊

それまで過剰なまでに饒舌だった修は、エレベーターに乗って目的の階のボタンを押したあと、急に黙ってしまった。英里華も黙っている。心の中では「お義兄さん、緊張してる。可愛い」と思っている。

修の「英里華ちゃんを連れていきたい店」は、最上階にあるフレンチでもイタリアンでもなく、その下の階にある和風割烹でもなく、その下の客室のようだったけれど、英里華は驚かなかった。食事はあと。まずベッド。もしかしたら、ベッドの中で食事。ルームサービスで。お店イコールお部屋。なんとなく、そうなるのではないかと予想していた展開だった。

「いいの、後悔しない？」

「しない」

「悪いことだけど、する？」

「する」

まるで青春映画のひとこまのような会話のさなかに、男の手が伸びてくる。私はきょう、この日、このときのために、この日以外の日々を生きてきたのだと思える。私にこんな純情さとひたむきさがあると知ったら、愛ちゃんは驚くだろうか。目をまん丸くして「まあ！」と言ったきり、何も言えなくなるのだろうか。

玄関、応接室、書斎まで付いている特別なスイートルームのベッドの中で裸にされたとき、英里華は、とにかく最後まで黙っていようと思った。

二年前、同じようなシチュエーションで、最高潮の手前まで達しておきながら、英里華が感極まって、

――お義兄さん。

と呼んだために、修は突然、萎えてしまい、そのあとは何をどうやっても、できなくなってしまったのだった。

ひたすら謝り倒していた修を、そのときも英里華は、可愛いと思っていた。

英単語で言えば「ブラザー・イン・ロー」になる。英里華にとっては「お義兄さん」でしかない。この人に出会ったとき、それまでの恋は全部、恋じゃなかったと思えた。姉の夫。それが英里華にとって、本気で好きになった、初めての人なのだ。誰にも打ち明けられない秘密の恋。禁断の恋。陳腐な小説のあらすじみたいな恋。十年前にはそれが悲しくて、耐え難くて、日本から出ていくことにした。

遠く離れたところで暮らしていれば、熱は冷め、忘れられるはずだと高をくくって

いた。でも、駄目だった。恋心は募るばかりで、誰と付き合っても、誰と寝ても、満足できない。アメリカ人とも、メキシコ人とも、日本人とも、試してみたけど、駄目だった。

昇り詰めていきながら、英里華は思っている。

愛ちゃんのせいだよ。愛ちゃんがちゃんと、この人を愛してあげないからだよ。

愛ちゃんのせいだよ。愛ちゃんがあんなこと、言ったからだよ。

——そんなに好きなら、盗ってしまえば。

妹の好きな人が自分の夫だと知ったら、愛ちゃんは、どんな顔をするのだろう。きっと、冷たくて優しい天使ではいられなくなるはずだ。

じゃあ、どんな天使。

途中で何度か「感じてる？」と訊かれたけれど、最後の最後まで黙っていた。

終わったあと、修に組み敷かれたまま、英里華は「できた」とつぶやいている男を愛おしいと感じている。

ほんの少しだけ汗ばんでいる頑丈な背中を両腕で抱き寄せて、

「ありがとう、すごくうれしい」

初体験を済ませた女の子のように、天使のため息をつく。

お義兄さんのビジネスミーティング、うまく行ったね。

ミッション・コンプリート。

＊
＊＊

「本日のお仕事はここまで！」

部屋に戻ると、彩江子はバッグをベッドの上に放り投げて、つぶやいた。

中国料理でフォアグラになった体を、少しでももとに戻せるようにと思って、乗り換えの駅から、歩いて帰ってきた。途中からまた降り始めた、今度は激しい雨もまったく気にならなかった。

濡れた洋服を脱ぎ捨てると、彩江子はシャワーを浴びた。

バスタオルを巻き付けたまま、クローゼットの前に立って、時間をかけて洋服を選ぶ。着ては脱ぎ、脱いでは着る。ひとりファッションショー。

今は午後四時過ぎ。夕方から、晴人に会うことになっている。待ち合わせ場所と時間についいては、もうじき連絡が入るだろう。どこかで食事をして、お酒を飲む。愛里紗との打ち合わせがうまく行ったことの報告を受け、祝杯を上げることになるはずだ。愛里紗からはすでに、いい報告を受けている。

　この部屋に彼が初めて来てから、三、四回は会っただろうか。カクテルの美味しいピアノバー「水無月」へも飲みに行った。いつもそばに誰かがいた。ふたりきりになったことは一度もない。けれども晴人は、酒の席でも、喫茶店でも、彩江子に優しい笑顔を向けてくれた。「中条さんにはいつかビッグな恩返しをしたい」と言ってくれた。自分には離婚歴がある、と、意を決して長いメールで伝えたとき、返ってきたメールは短かった。

《そんなこと、僕らには関係ありません（あ、いい意味でです、もちろん）。中条さんの過去に何があったとしても、それによって僕らの「今」があるんじゃないですか。》

　夢かと思った。こんなことを言ってもらえるとは、思ってもいなかった。

　そういえば、と、彩江子は数珠つなぎに思い出す。

　――ああ、僕にもっと経済力があったらなぁ。

──写真の仕事だけできちんと生活していけるようになったら、自信を持って。

──中途半端は嫌いなんです。

──いつか、男としての自信を持てるようになったら、中条さんに。

次々によみがえってくる台詞の断片を、勝手につないでみる。

経済力、写真の仕事、男としての自信。それらが揃ったら私に。

そのあとに来るのは、この言葉しかないのではないか。プロポーズ。

妄想がそこまで膨らんだとき、彩江子は下腹部に鈍痛を感じて、その場にうずくまった。これは食べ過ぎによる痛みではない。数日前から乳房が張っている。ああ、と思った。何がどう「ああ」なのか、なぜ「ああ」なのかについては、考えたくもない。こんな日に生理が始まるなんて、恨めしいような、同時に安心なような、おかしな気持ちになっている。自分のことを、女だなと思う。生臭い女だなと。

なんとはなしに虫の知らせのようなものを感じて、バッグの中からスマートフォンを取り出すと、案の定、そこにはこんなメッセージが入っていた。

《ごめん。撮影難航中。夜までかかるかも。車も返しに行かなきゃ、なので、ディナーは無理かも。よかったら晩御飯は済ませて、部屋で待機していて下さい。また連絡

します。》

「ああ」が「あーあ」に変わる。なんのために、ひとりでファッションショーをしていたのか。散らばっている服をひとまとめにして、クローゼットの中に放り込む。

《了解。ノープロブレム。お昼を食べ過ぎたから、まだおなかいっぱい（笑）次の連絡、待ってるからね。無理しないで。》

いかにも理解と分別のある、年上の女らしい返信を送ったあと、キャンセルされたわけではないのだから、理由は仕事なんだから、そんなにがっかりする必要ないじゃない？　それに、ディナーは無理でもお酒ならオーケイかも、と、自分を慰めながら、彩江子はふと、強気になってみる。

プロポーズをただ待っているのではなくて、自分からプロポーズする。そういう選択肢が私にはあるんじゃないか。ねえ世良くん、なんなら私があなたを養ってあげてもいいのよ。私があなたを支えて、あなたを一流の写真家にしてみせる。「そういう結婚があってもいいと思うの」「私、仕事だけの女じゃないの」「仕事よりも大切なものがあると気づいたの」――いつのまにか、台詞の練習を始めている。

なんて陳腐な女なんだろう。

強気はたちまち弱気に変わる。こんな傲慢な女、嫌われるに決まってる。

晴人からの連絡は、なかなか入ってこなかった。

いらいらしながら、じりじり胸を焦がしながら、何度か洋服を着替えた。外出用から部屋着に。部屋着から外出用に。

結局、夜の十一時になって、やっと届いたメッセージには、こう書かれていた。

《やっと終了。現在そっちへ向かっているところ。今夜、泊めてもらえますか？》

⁂

くるくる巻いてあるもの、リボンの形をしたもの、円筒形のリガトーニ。

三種類のパスタを取り出して、愛里紗は、それぞれのパスタに合わせる野菜のソテーやソースを作り始める。「くるくる」には、オレンジピーマンと赤玉ねぎのソテー。「リボン」には、蒸して潰した茄子とバジル。「円筒」には、トマトとガーリックのオーソドックスなソース。数年前からベジタリアンだという英里華のために、野菜だけで作ってみた。パスタ類は、ふたりが揃ってから茹でる。三種類のパスタを少しずつ食べる。

英里華は確か四時ごろに到着、修は七時までには帰ってくる、と言っていた。修の帰宅までは、英里華とゆっくりおしゃべりしたい。

パスタ料理の下準備をしながら、ピザ用の粉類を混ぜ合わせて、生地を作る。「小さなピザ」と名づけている、ハンドメイドのピザ。大きめのバットに、手のひらサイズの生地を並べて焼く。トッピングは、オリーブ、ブロッコリーニ、アーティチョークなど。チーズはモッツァレラとモントレージャックを半々。このピザをオードブルにする。

妹は、帰国して以来、鎌倉の実家で和食ばかり食べてきたはずだから、今夜はイタリアンと決めた。修も「愛里紗のイタリアンは、レストランに負けない」と気に入ってくれている。ワインは、修が調達してくると言っていた。ワイン通の秘書に頼んで、買ってもらうのだろう。デザートは、英里華に任せてある。どこかで「愛ちゃんの好きな銘柄のシュークリームを買ってくる」と言っていた。

だからあとは、サラダを作るだけ。ケールとオークリーフレタス、ほかには、きゅうりと、ドライのアプリコットと、カシューナッツかな。ドレッシングは、どうしよう。イタリアンだと当たり前過ぎるから、ギリシャ風なドレッシングかな。

冷蔵庫をあけたり閉めたりしながら、愛里紗はハミングをしている。

気持ちが弾んでいる。

昼間、公園のそばで食べたジャマイカ料理、あれは美味しかった。

愛里紗はさっきから、膝の上で広げたテイクアウトの容器の中身を思い出している。あの味を、いつか再現してみたい。特別な調味料が必要なのだろうか。鯛の衣には黒胡椒のほかに、何が入っていたのだろう。

愛里紗はまだ、気づいていない。

気持ちが弾んでいるのは、料理が好きなせいでもあるし、二年ぶりに妹の顔を見ることができるせいでもあるのだけれど、理由はもうひとつあって、それは、ジャマイカ料理を車の後部座席で食べたとき、隣に座っていた「きれいな男の子」のせいだということに。

＊
＊＊

相変わらず、何もかもが非の打ち所もなく素晴らしく、何度も「ブラボー」と声を上げながら、姉の手料理を食べ終え、食後のアマレットを飲みながら、リビングルームでくつろいでいるさいちゅうだった。

「ところで英里華ちゃんは、どうなんだ、短期の里帰りじゃなくて、将来、日本へ戻ってくる気はないのか」

向かい側に座っている修から、そんな質問が飛んできた。

ああ、この質問は数時間前に、ベッドの中でも発せられた。この人は、そのことを忘れてしまったのか、それともわざと同じ質問をして私の答えを確かめ、共犯意識みたいなものを共有したいのか。頭の中ですぐに答えを出す。前者だ。

お義兄さんは心から愛ちゃんを愛しているし、女癖は少々、悪いのかもしれないけれど、決して悪党ではない。むしろ善人なのだ。正直者というか、小心者というか。健気でもあるし、おっちょこちょいでもある。私との情事を成功させるために懸命にお膳立てをする律儀さの裏には、昼間にふたりで何を話したのか、まったく忘れてしまっている、という間抜けさもある。そこが可愛い。

「残念ながら、ないの。まったくないね。せっかく永住権も取れたことだし、一生、向こうに住むつもりよ。一度、ふたりで遊びに来てよ。二度でも三度でもいいし」

一拍だけ置いて、愛里紗が尋ねてくる。

「なぁんだ。そうなの、帰ってくればいいのに。英ちゃん、アメリカのどこがそんなにいいの」

英里華は、昼間に修に話したことと寸分違《たが》わぬエピソードを披露してみる。修の反応を見てやろうと思っている。私は悪党だ。

「あれは、前の前のアメリカ帰国のときだった。ニューアーク空港から乗ったタクシーのドライバーがね、ガーナからの移民だったのよ。ガーナはいい国だ、いいところだって盛んに自慢するの。だから私は彼に尋ねてみたの。『ねえ、あなた、なぜ、そんなにいい国からアメリカに移住したの』って。そうしたら、こんな答えが返ってきたの。『アメリカには、ガーナにはないものがひとつだけ、あるからだ。それが俺にとっては途轍もなく魅力的だからだ』って。すごく納得できる答えだった。私も、日本にはなくて、アメリカにはある『それ』が気に入っているの」

「それって、なぁに」

愛里紗は小鳥のように首をかしげている。

「お義兄さん、なんだと思う」

鎌をかけてみる。私は悪党だ。

修は「さあ、なんだろうな」と言う。知っているくせに、と思いながら英里華は、まっすぐに修の目に視線を当てた。脇から「自由？」と、愛里紗が言う。

「ノー、それはね、オポチュニティよ」

「オポチュニティ」

修が鸚鵡《おうむ》返しに言った。昼間にもそう言った。英里華の好きなセクシーな声で。

「そう、アメリカでは、自分のやりたいことがなんでもできる。なりたいものになれる。思い通りに生きられる。そういうチャンスがあるんだって、彼は言ったの」

「日本には、ないのかしら、そういうチャンスは」

人の話に関心があるのか、ないのか、判断しにくい、いつものぼんやりした愛里紗の問いかけに、英里華は思わず、苦笑いのえくぼを浮かべてしまう。夫婦って、忌ま忌ましい。

昼間に修も同じことを言ったのだった。「日本には、チャンスはないのか」と。それに対して、英里華は「ある」と答えた。修は「そうだよな、こんな悪いことをするチャンスがあるんだもんな」と、笑いながら抱き寄せた。

昼間とは違う答えを、英里華は返す。英里華の目の前でだらしなく、しどけなく、生ぬるい愛と惰性を発散し合っているふたりに対して、きっぱりと。

「ないの。この国にいる限り、私が幸福になれる機会は、完全に閉ざされている」

窓の外の暗闇の中では、誰のもとにも平等な機会をもたらすかのようにして、銀色の雨が降りしきっている。

第五話　雨のち晴れ、ときどき淋しい

I Don't Love You Any More But I Still Miss You Sometimes

九月の第二週の火曜日。

昼間にはまだ猛暑の名残を感じるものの、朝夕はずいぶん涼しくなった。

水無月流奈は早朝、仕事に出かける佐藤玲門をベッドの中から見送ったあと、ひと眠りし、九時過ぎに起きて、クロワッサンといちじくとグレープフルーツの朝食を済ませてから、コーヒーカップを手にして再びベッドに潜り込んだ。

月に二日の定休日。きょうはその一日。

玲門の演奏旅行の行き先は、九州だと聞かされている。そういえば先月も、先々月も九州だった。博多のライヴハウスから始まって、博多で終わる三週間ほどのツアー。

——博多って、いいところだよ。海が見える街なんだ。

流奈は博多へは行ったことがない。九州は、修学旅行で出かけた長崎しか知らない。

ベッドサイドのテーブルに手を伸ばして、読みかけの本を手に取る。

午前中いっぱい、パジャマのままベッドの中で、本を抱えて過ごす。

定休日の午前中の贅沢。この贅沢は、スマートフォンやパソコンでは味わえない。なぜなら、そんなものでは物語を胸に抱きしめられないから。

子どもの頃から、流奈は物語を愛してきた。特に、悲しいお話が好きだった。子ども向けの明るいお話では物足りなくて、親の本棚に並んでいる暗そうな小説に、片っぱしから手を出した。早熟な少女だった背景には、意味もわからないまま読みふけった、日本文学の影響があるのではないかと、自己分析している。

今、読んでいるのは、贔屓にしているミステリー作家のシリーズ物。平凡な中学校の平凡な教師だった女性がふとしたきっかけで麻薬の運び屋になり、巨万の富を築く。その過程で発生する殺人事件。偶発的な出来事が重なって、彼女は九死に一生を得、闇の世界で生き長らえていく。荒唐無稽なのに妙にリアルで、癖になる面白さ。今はちょうど、彼女がこれから殺そうとしている男に出会ったところ。

玲門がそばにいれば、放恣《ほうし》な読書は中断を余儀なくされる。

――今、すごく、はらはらするところなのよ。ちょっと待って。

流奈が軽く手を払いのけると、玲門は「待てないっちゃん」などと言いながら、流奈から本を奪い取る。

――ルナのこと、ばり好きっちゃん。今すぐ欲しいっちゃん。

「ばり」は博多弁で、意味は「ものすごく」で、語尾に「ちゃん」を付けるのも博多弁。

――会いたかーっていうのは、海に向かって叫ぶとき。人に向かって言うときには、会いたいっちゃん、になるんだよ。

そんな講釈を思い出しているさいちゅうに、流奈は、玲門のベッドサイドに置かれたままになっている文庫本に目を留める。

いつだったか、流奈がプレゼントした麻製のブックカバーが掛かっている。玲門は旅に出るとき、いつもそのカバーの掛かった文庫本を一冊、鞄に入れて持っていく。

忘れたのね、と、つぶやくように思いながら流奈は、小さな本を取り上げる。

表紙をめくると、本扉には日本語で『晴れのち曇り、ときどき愛』と、タイトルが記されている。流奈は目を細める。

レイモンったら、まるで十代の女の子が読むような本を読んでいるのね。

＊
＊＊

さて、何を着ていこうかな。

仕事でもなく、デートでもなく、体の関係もなければ、心の関係もなく、好きでもないし嫌いでもない人に会う場合、どういうファッションがいいんだろう。一生懸命おしゃれをするのもなんだか癪だし、だからといって、平凡な女、などとも思われたくない。

玉木まりもは、朝のシャワーと洗髪を済ませると、全身の映る姿見の前に裸で立ったまま、両手で乳房をぎゅっと持ち上げてみる。

過去に体の関係を持った男たちから「可愛いね」「ちょうどいい大きさだね」「感度抜群」と褒められてきたお乳。うん、いい感じだ。

手をウェストまで下ろして、両脇から、腰のくびれをまたぎゅっと押さえたあと、今度は横向きになってお尻の角度を確認する。

つん、と、上を向いている。うん、パーフェクトだ。「つかんだら、押し返してくるみたいだ」なんて言ったのは、どこのどいつだったか。

我ながら、非の打ち所のない、見事なプロポーション。

悦に入りながら鏡に向かって、唇の両端をきゅっと上げ「にかっ」と笑ってみる。

友人たちからは「おじさんキラー」と呼ばれているこの笑顔でノックアウトして「もう、まりも様なしでは生きていけません」と思わせ「僕と結婚して下さい」と言わせて、その上で「バイバイ」を言ってやる。うん、これで決まりだ。

シナリオがそうと決まれば。

これだ。

まりもは、クローゼットから、つるん、としたキャミソール・ワンピースを取り出す。

色はワインレッド。体の線を最大限、強調できるデザインになっている。スカート丈はミニ。ミニなのに、太ももの両脇にスリットが入っている。ホテルのラウンジで演奏するときにも、ときどき身に着けている。上司であるマネージャーから「仕事着はもうちょっと、肌の露出のある服装がいいかもしれないね」と言われ、ネットで探して買ったものだ。

このキャミワンピに、秋色のコットンのロングカーディガンを羽織ろう。臙脂、紫、濃いピンク、薄いピンク、白など、コスモスの花の色を交ぜ合わせたような糸で編まれている。ざっくりとした編み目。すとんとしたデザイン。とってもカジュアル。本来なら、デニムに合わせるべき。

だけど、だからこそ、相手の目は否応なく、下に着ている怪しげなキャミワンピと、その下のあたしの体に釘づけになるはず。もっと正確に言うと、あたしの裸体を想像し、卑猥な妄想から逃れられなくなり、どうしても見たい、さわりたい、と、下半身を熱くさせるはず。

なんていけない女なんだろう、あたしは。

ああ、でも、今は、行けていない女だ。

振り払っても、振り払っても、浮かんでくる男がいる。

——玉木の魅力はさ、この、硬くて青いレモンみたいな体がさ、こうして俺の手にかかるとたちまち、水気たっぷりの熟れたメロンに変わっていくところ。この化学変化がたまらないんだな。

ふざけたことを宣った、あいつ。

その男の名前を、まりもは唇と唇のあいだから、外には出さない。口の中に閉じ込めて、ばりばりと嚙み砕く。

＊＊＊

まったくもう、どうもこうもならへんで、と、世良晴人はさっきから、心の中で舌打ちをしている。うんざりする。ええ加減にしてくれと言いたくなる。なんで、こんな仕事、いや、仕事とも言い難い、言わば他人の不手際の尻拭いをしないといけないのか。よりにもよって、こんな大事な日に。

もちろん、そんなことはおくびにも出さず、晴人は涼しい顔をして、

「あ、ベースの人、もうちょっとうしろかな、ああ、それくらい、そこでいいです」

などと言いながら、シャッターを切っている。

火曜日の朝。恵比寿にある貸しスタジオの小窓越しに、夏と秋の入り混じった、九月の空が見えている。

本来なら午前中は、行《ゆ》きつけのヘアサロンで入念にカットをしてもらったあと、ジ

ムへ行き、ランニングマシンに乗ってひと汗もふた汗も流してから、午後に備えるつもりだった。

晴人の作品である「廃墟」の写真を使って、結城愛里紗が装幀を手がけた恋愛長編小説『脱ぎ捨てる』の、カバーデザインの完成を祝う会食。場所は、銀座にある天ぷらの専門店。出席者は、版元の編集者とその上司、作家、そして、愛里紗と晴人の予定。

晴人にとって、非常に重要なビジネスランチになるのは必至である。

晴人の写真は、愛里紗の装幀のおかげで、編集者からも作家からも高く評価されている。作家本人と、担当編集者の上司に会うのは、きょうが初めて。このチャンスを、今後の仕事につなげていきたい晴人としては、万全を期して、万難を排して、臨みたい。

それなのに、今朝になって急に「頼む、こんなことを頼めるのは、お前しかいない」と、写真学校の先輩でもある仕事仲間から、懇願の電話がかかってきたのだった。

リードギター、ベースギター、ドラム、キーボード、ヴォーカルで編成されている五人組のバンドの、ポスター用の写真撮影。もともとはイラストを使う予定で、すでにイラストはでき上がっていたらしい。しかし、最後の最後になって、どうしてもそのイラストが気に入らないとヴォーカルの女性がごねて、急遽、写真と差し替えることになった。きょうの夕方までに、データを印刷所に送りたいという。

——悪いけど、昼の十二時からずっと、外せない用事と打ち合わせと会食があって。夕方にも大事な人に会う約束があるし。夜は夜でいろいろあって、一日フル回転で。

断りかけている晴人に、先輩は言った。

——わかった。じゃあ、今からすぐに全員を集めて十時スタート。何があっても十一時終了、ということで段取りを付けるから。お前は先に来て、セッティングを頼む。

この男には日ごろから、何かと世話になっている。仕事を回してもらったり、人を紹介してもらったり、金欠に陥ったときには金を貸してもらったこともある。

断り切れず、あたふたとアパートを出た。

九時半過ぎだった。

池袋から恵比寿までは電車で二十分ほど。

駅前でタクシーを拾って、なんとか十時前にたどり着いた。

バンドのメンバー四人はすでに到着していたけれど、ヴォーカルの女性は十時半を過ぎてやっと姿を現した。「ごめんなさい」のひとこともない。いけ好かない女だ。こんな無礼な女に、どんないい歌が歌えるのか。

「えっと、ヴォーカルの方、自分で自分の胸を抱くようにしてみて下さいますか。こんな感じでぎゅっと」

なんとしてでもあと三十分で、すべてを終わらせなくてはならない。

食事会のあとには、あの人との約束がある。

優雅で知的で上品で、金持ちの旦那がいて、何不自由なく生活しているはずなのに、いつも笑顔がちょっと寂しそうに見えるあの人との、もしかしたら、食事会よりも重要なのかもしれない約束が。

＊＊＊

文庫本の著者は、名前を聞いたこともない、顔も知らない、若い女性作家だった。カバー袖のプロフィールを見ると、まだ二十代の初め。エッセイ集のテーマは恋愛だろう。読まなくてもわかる。恋愛を語るなんて、三十年早いよ、と、流奈は鼻で笑う。どうせ陳腐な恋愛だろう。恋愛とも呼べない、単なる執着。

玲門がベッドサイドに置き忘れていったと思しき『晴れのち曇り、ときどき愛』のページをぱらぱらとめくっているうちに、流奈の心は、活字からも本からも、今いる部屋からも引きはがされて、ある場所へと連れていかれる。

京都だった。

三条京阪の外れにあった、古い町屋の二階だった。

親もとを離れて、ひとり暮らしを始めたとたん、あっけなく、執着と同義語の恋に囚われた。彼に会っていないときの自分は死んでいて、会えた瞬間、生き返るのだと感じていた。会えない日は朝から晩まで泣いていた。底の抜けたグラスで、水を飲もうとしているような日々だった。

雨のち雨、いつもさみしい。

それが十代の私だった。

玲門の文庫本をベッドの上に投げ出すようにして、流奈はひとり笑いをする。

淋しいでもなく、寂しいでもなく、さびしいでもなく、さみしい、だった。

それぞれにどんな違いがあるのか、説明はできないけれど、とにかく私はさみしかった。さみしい、は、さもしい、の同義語だったのかもしれない。

＊＊＊

「玉木さん、これからどこか、行きたいところはありますか」

開口一番の台詞がこれか。

まりもは、うんざりする。あああ、うざったい。そんなこと、あたしに考えさせる気。あんたがてきぱき決めて、あんたの行きたいところへ行けばいいだろうが。

いらいらしている気持ちとは裏腹に、お澄まし顔で優しい声を出す。

「きょうはわざわざ、朝早くから出てきて下さって、ありがとうございます。あの、月島《つきしま》さんの行きたいところでいいです。あたしはどこでも」

「そうですか、それなら……どこがいいかな……」

そう言ったきり、男は黙り込んでいる。

ああ、もう最低。東京駅のまん前で、これじゃあ完全におのぼりさんだよ。まあ、静岡から出てきているのだから、その通りか。

「あの、谷中霊園なんて、いかがですか。猫がいっぱい住んでて、春は桜の名所らしいです。あたし、まだ一度も行ったことがないんです。ずっと行きたかったんですけど、チャンスがなくて」

全部、嘘。谷中霊園から歩いて坂を下りたところには、鶯谷のラブホテル街がある。手っ取り早くそこへ行って、やるべきことをやればいい。体の相性は、試してみなければ、わからない。

男の顔がぱぁっと輝く。

「いいですね、ぜひ行きましょう」

タクシー乗り場に向かって歩き始めた男の背中に、まりもは心の声で毒づく。灰色のスーツ。モスグリーンのネクタイ。くすんだ茶色の革靴。野暮ったい。こんな田舎者と、まりも様が恋人同士に見られるなんて、プライドが許さない。

それでも行くのだ、あたしは。

男とは先月、お盆休みに帰省していたとき、お見合いの席で出会った。

父親の経営する工務店の関連会社で働いている営業マン。年は三十五だから、まりもよりも七つ上。「いい人よ。真面目で、誠実で、健康で、お人柄もよくて、なんの問題もない方よ。おまけに次男坊だし」とは母の弁。聞きながら、そんなにいい人なら、なんで三十五まで独身なんだよ、と、言いたくなった。ちょっと変わった性の趣味なんかがあるんじゃないの、あたしはいやだよ、縛られたりするのは。

見合いなんて興味も関心もなかったのに、何しろ暇で暇で仕方がないから「暇つぶしにやってみるか」と思った。というのは嘘で、まりもは「こうなったら見合いでもなんでもして結婚してやる！」と、息巻いていたのだった。

きっかけは二ヶ月ほど前、結城修からこれ見よがしに、彼の妻を見せ付けられたこと。つまり、別れを宣告されたこと。あろうことか、アルバイトでピアノ弾きをしているホテルのラウンジに、修は妻を連れてきた。

ショックだった。

一方的な別れの宣告に対して、ショックを受けたわけではない。

初めっから遊びのつもりだった。楽しく淫らに遊んで、なおかつ、おこづかいまでもらえるのだから、こんなに合理的でお得な関係はないと、高をくくっていた。誰も傷つかないし、傷つくことも傷つけられることもない。飽きてきたら、こっちから「別れます」って言ってやればいい。自分には価値と勝ちはあっても、負けはない。

だからショックを受けた。自分が負けた、ということに。

装幀家、結城愛里紗の顔は、ネット上に流れている写真で目にしていた。まりもにとってはライバルにもならない、地味で目立たないアラフォーに見えた。はずだったのに。

タクシー乗り場の行列に並んで、隣に立っている男の股間を、眺めるともなく眺めながら、まりもは思い出している。思い出しているのではない。浮かんでくるのだ。追い払っても、追い払っても。修の妻の姿は今も、まりものまぶたの裏に焼き付いている。

ニューヨーカーみたいだった。垢抜けていた。スタイルもセンスも抜群で、颯爽としていて、カッコよかった。良過ぎた。

あたしは、敗北者だ。

＊＊＊

揚げ立ての天ぷらをカウンターで食べる。昼間っから日本酒を嗜みながら。看板も上がっていない、メニューもない、銀座の専門店で。

晴人にとって、何もかも、生まれて初めての経験だった。

銀座で天ぷら、だけではない。

「世良くんの作品には、底知れぬ可能性を感じますね。広がりがあるというか、深みがあるというか」

「私の次の短編集も、ぜひ世良さんの廃墟で行きたいわ。どうかしら、結城さん」

「素敵だと思います。私も今ではすっかり世良さんのファンだから」

「今度、弊社にもお越しいただいて、芸術系の雑誌の編集部にご紹介させて下さい」

人から異口同音に褒められる、という初体験。

人から認められる、というこの快感。

世良、というのは自分ではなくて、まったく別の「世良晴人」がどこかにいるのではないか。そんなことさえ思ってしまう。

白木のカウンター席の角に、晴人と作家が座っている。作家の向こうに担当編集者の上司。晴人の左に愛里紗、その隣に担当編集者。

晴人の視線は自然に、作家と上司に向かってしまう。けれど、晴人は全身で愛里紗を見つめている。気分としては、そういう状態だ。入店してからずっと、晴人の左半身は痺れたようになっている。

すぐそばに、愛里紗がいる。ときどき、腕と腕が触れ合う。

「それはね、こうやって、食べるの。お箸じゃなくて指で、こうやって、くるくるっとするの」

突き出しの巻貝の食べ方を、囁き声で教えてくれる。

きょうの愛里紗は和装だ。晴人には、着物のことなど何もわからない。ただ、痺れる、とだけ思っている。この痺れは、精神的なものだということも、わかっている。

この人は僕の、性的な欲望の対象にはなり得ない。

崇高な、いっそ神々しいと言いたくなるような欲望が晴人の体内で波打っている。

先月、八月に仲間たちといっしょに開いたグループ展のオープニングパーティに、愛里紗は花束を携えて駆け付けてくれた。赤、黄、紫のグラジオラス。

そのときは、ジーンズ姿だった。ブラックジーンズに、白いレース使いの華麗なブラウス。化粧気のない素顔の美しさは、ごてごてと着飾った女たちの中にあって、群を抜いていた。

花束を受け取って、握手をした。愛里紗の髪の毛に、小さな葉っぱのかけらみたいなものがくっ付いているのを見つけて、晴人はそれを取り除いてやった。

——ありがとう。きっと花屋さんで、くっ付いたのね。

はにかみがちに微笑んだ彼女に、冗談っぽく、

——お返しとして、キスしてくれますか。

自分の頬を彼女の方に向けてみた。僕には深い考えも下心もありません、いつもこんな風にしています、というような雰囲気を装って。

愛里紗は背伸びをして、頬に口づけてくれた。そういうことをしても、ちっとも不自然じゃなくて、それどころか、様になっている。

美しい人は、何をしたって、美しい。

そうして、美しい人は、みずからの美しさに無頓着だ。

ひとりの男に飼われ、大事にされ、育まれてきたこの人の美を壊したい。徹底的に壊してみたい。体じゃなくて、僕の技術《テクニック》と方法《メソッド》で、この人を目覚めさせてやりたい。

創造は、破壊からしか生まれない。

あの日からずっと、きょうもそう思っている。

＊＊＊

結婚。

というようなものを、この私もしていたことがある。

嘘みたいな本当の話だ。フィクションみたいなノンフィクションだ。

読書に飽きてベッドを抜け出した流奈は、ランチを作りながら、十代の恋愛のあとに経験した、二十代の結婚に思いを馳せる。

サボりがちだった大学を辛くも卒業して、就職した広告代理店。就職すると同時に、蛇が脱皮するかのように、執着という名の恋を脱ぎ捨てた。憑き物が落ちた、という感じだった。代わりに流奈を捕らえたのは、結婚願望だった。

ボウルに卵を二個、割り入れながら、流奈は不思議に思う。なぜ、相手もいないのに私は、結婚したいなんて、思っていたんだろう。そもそも結婚とは、相手がいて初めて考えるべきものなのに、世の中の多くの女性は、いないうちから考える。結婚したい。誰かいい人、いないかしら、と。

私の場合は、結婚したい、イコール、もうこれ以上、女でいたくない、ということだったような気がする。自分の内面に棲んでいる、変幻自在で取り付く島もなく、厄介で執拗な女という生き物。結婚さえすれば、解放されるのではないか。子どもを産んでしまえば、なおのこと。女ではなくて母親という清々しい性に、生まれ変われるのではないか。今にして思えば、笑うしかない馬鹿馬鹿しい考え方だとわかるのだけれど、馬鹿馬鹿しいほどに、あの頃の私は、女であることを持て余していた。

しめじ、スイスチーズ、チャイブ、トマトを細かく刻んでボウルに入れ、溶き卵といっしょに混ぜ合わせてから、流奈は、一年半ほどで終わった「結婚」をフライパンに流し込んで、こんがりと焼く。

相手は同じ職場で働いていたひとつ上の男で、いわゆる社内恋愛。仲人役は、社長夫妻が買って出てくれた。誰もが祝福してくれた「幸せな結婚」のように見えていた。

ひとりだけ、この結婚に反対した人がいた。

流奈の母親だった。

両家の身内だけで集まって会食をした日の夜、母親は流奈にこう言った。

――引き返すなら今よ。流奈とあのお母さんがうまくやっていけるとは思えない。いじめられるわよ。切っちゃいなさい、この縁。今なら切っても、かすり傷で済むわ。ほんの小さなアクシデントか、いっそ、あなたのわがままってことでいいんじゃない？

笑って聞き流した。心の中では、母は鋭いと、思ってはいた。なぜなら流奈も、食事中、息子のために焼き魚をほぐしてやっている、義母となる女性を目の当たりにして「どうなんだろう、この結婚」と、ちらりと思っていたから。

――いっしょに暮らすわけでもないんだし、大丈夫よ。うまくやるから。

そうは問屋が卸さなかった。

母親の予言は的中し、流奈は義母との確執に耐えられなくなり、みずから家出し、既成事実を作った上で離婚した。

大皿にオムレットを盛り付けて、フォークで野放図に切り分けて食べながら、当時は今の自分よりも年下だった義母の台詞をつぶやいてみる。

――流奈さん、お行儀がちっともできてへんなぁ。そういうときには、ナイフを使わなあかんえ。フォークは突き刺すものですやろ。切るのは、ナイフやないと。

＊＊＊

この人と結婚したら。

谷中霊園を出たあと、鶯谷のラブホテル街へ通じている坂を下りていきながら、まりもは、隣を歩く男との結婚生活を想像してみる。

あたしには、いったい、どんな人生が待ち受けているのだろう。

母が言ったように「いい人」なんだということは、わかっている。博学だし、読書家だし、趣味も話題も豊富で、話もそれなりに面白い。それは見合いの席でも感じていたことだったし、秋の木洩れ陽の降り注ぐ墓地を散歩しているときにも、そう感じていた。

性格は、おとなしい方だと思う。落ち着きがあって、慎み深くて、安定している。いっしょにいると、安らぐ。そういうタイプの人だ。あの、俺様主義の修なんかとは大違いだ。もちろん、ベッドの中ではどう豹変するか、わからないにしても。

さっきから、まりもの気持ちには少しずつ、変化が起こり始めている。

悪くないかもしれないな、結婚も。

いったんそういう風に思い始めると、さっきまでは野暮ったいと思っていたスーツやネクタイや立ち居振る舞いも、なんとはなしに好もしく思えてくるから不思議だ。

あたしって、なんて、現金なんだろう。

この人と結婚すれば、将来は間違いなく、この人がうちの父の会社を継ぐことになる。あたしは女の子と男の子をひとりずつ産んで、育児と家事を適当にやりながら、優雅に、悠々自適に暮らす。ピアノは趣味として楽しむ。悪く、ない、かもしれない。

夫という砦に守られた、妻というステイタスをキープしながら、自由を謳歌する。経済的には豊かで、精神的には自堕落な暮らし。一見、丁寧にきちんと、夫や子どもに尽くしながら家庭を守っているように見せかけておいて、昼間からひとりで高級なお酒を飲んだり、使いもしない高価なバッグを買って人にぽーんとあげたり、平気で浮気をしたり、情事のあとで保育園に子どもを迎えに行って「ママ、きょうはとってもきれい」――なんて言われたりして。

男にだらしない、お金にだらしない、時間にだらしない。だらしない結婚生活、最高!

だらしない人生に乾杯！

そういう人生はきっと、裕福な専業主婦だけに、許されるものなのではないか。

記念日には、子どもをどこかに預けて、ドレスアップして、夫にエスコートされながら、高層ホテルの最上階にあるレストランへ食事に行く。ときどき、夫じゃない男に抱かれたりすることもあるホテルへ。

わお、だらしない女って、素敵！

そこまで思ったとき、まりもの胸に再び、思い出したくもない女の姿が浮かんできた。ちょっと待ってよ。あんたって、誰よ。出てこないでよ。

姿を思い出したくないから、まりもは頭の中に、漢字五文字を打ち出す。

結・城・愛・里・紗。

こんなところでモーツァルトを弾いている玉木まりもは、世界一ださい女だと思わせてくれた、あたしをこてんぱんに打ち負かしてくれた、あの女。

＊＊＊

「世良さん、きょうは本当にありがとう。私のわがままを聞き入れて下さって」

編集者が捕まえてくれた車に乗り込むなり、愛里紗はそう言った。

「とんでもない。お礼を言うべきなんは、僕の方ですし」

天ぷら屋の前で作家と編集者たちと別れたあと、晴人は愛里紗といっしょに、愛里紗の仕事部屋に向かっている。そこで、愛里紗のプロフィール写真を撮影する。これが晴人にとっては、食事会以上に大事な約束なのだ。

愛里紗が書評雑誌から依頼されて書いたリレーエッセイ「わたしのこの一冊」というページに載せるためのもので、メインの写真は、晴人と愛里紗のコンビで創られた『脱ぎ捨てる』の書影。

――お手持ちのプロフィール写真の中には、気に入っているものが全然ないそうで、せっかくの機会だから、同じ日の午後、世良さんに撮っていただけないかと、結城さんから伝言を預かっていますが。

天ぷら屋での打ち上げの日時を知らせる編集者からの電話でそう言われたとき、

――喜んでお引き受けします。

と、晴人は即答した。

プロフィール写真の撮影を済ませたあと「今度は、僕からのお願いがあります」と、話を切り出せばいい。あの話を。いや、この話を。

晴人は、左隣に座っている愛里紗の、左の膝の上に置かれている左手に、焼け付くような視線を落とす。愛里紗は左手の上に右手を重ねているから、晴人の目には今は見えていない。しかし、天ぷら屋ではしっかりと目にしていた。

きょうは彼女の左手の薬指に、結婚指輪がはまっている。ダイヤモンドなのだろうか。晴人には名前はわからない。光る石。編集者を交えて打ち合わせをした日にも、オープニングパーティに来てくれた日にも、はめていなかった。きょうだけは、はめてきた。その指輪が何かを伝えようとしているように、晴人には思えてならない。

結婚しているのよ、と念を押すためか。結婚しているから、できない、やめて。それとも、結婚しているのだから、大丈夫よ、なのか。結婚しているからこそ「どうぞ、お好きなように」なのか。彼女にとっては、結婚も結婚指輪も「脱ぎ捨てる」ためにこそ存在しているのではないか。そう解釈するのは、男の傲慢だろうか。

晴人はそっと手を伸ばして、愛里紗の右手を取ってみる。抵抗は、ない。

晴人に手を握られたまま、愛里紗は言った。

「世良さん見て、あの街路樹。一本だけ、もう赤くなってる。きれいねぇ」

そうなのだ、この人には、ダイヤモンドよりも、一枚の木の葉が似合う。僕にはそのことがわかる。この人にも、そのことを、わからせてあげたい。

＊＊＊

不毛な結婚を解消するために選んだ手段は、不倫。

というのだから、笑える。月並み過ぎて、お粗末きわまりない。

窓から射し込んでくる、柔らかい初秋の陽の光に包まれて、ベッドルームに掃除機をかけながら、流奈は、二十代の終わりから三十代の初めにかけて、追い求めた人の面影を拾い集める。

月曜の夕方から金曜の朝までは流奈の部屋で、表札まで掲げて夫婦然として暮らし、そこから会社へ通い、週末は妻の実家へ戻っていく。そこには妻とふたりの子がいた。二重生活を送る男を、恋という名の独房で、流奈は待ち続けた。子どもが大きくなったら、という言葉を信じて耐えようとしたけれど、一年足らずで力尽きた。置き手紙を残して、身ひとつでロンドンへ渡った。英語学校へ通いながら毎日、好き勝手に遊んで暮らした。季節ごとに衣替えをするようにして、ボーイフレンドを作ったり、別れたり、再会したり、いっしょに暮らしたり、国境を越えたり、海を渡ったり。

さて、これで良し。

終わり良ければ、すべて良し。

掃除を終え、さっぱりした部屋の窓から、流奈は九月の空を眺めた。

私の人生はおそらく、秋の終わりに差しかかっている。冬の初めかもしれない。

空に引かれた無秩序な斜線のように見える、無数の電線を眺めながら、人生とは綱渡りだな、と、流奈は思う。

Aという出来事がBという出来事につながり、Cという人との出会いがDという人との別れを連れてくる。Eという出来事が起こらなければ、Fという出来事も起こらない。代わりにGという出来事が起こって、Hという人を連れてくる。

十代の恋がなかったら、結婚もなかったし、結婚がなかったら、離婚も、悲しい不倫の恋もなかったし、不倫がなかったら、ロンドンで、玲門に出会うこともなかった。

つまり、すべてはつながっている。

人生は偶然という名の必然でつながっている、一本の電線のようなもの。

私たちはみんな、その線の上で綱渡りをしている。

＊＊＊

「この一品、というか三品だけど、こうして、まったく同じ料理が三つ、同時に出てくるのはどうしてなのか……」

ふたりのあいだに置かれている豆腐の椀物、合計六つを指さしながら、男は蘊蓄を傾けている。

「この店を贔屓にしていたある粋人が女将《おかみ》さんに『これは逸品だ。ひとつでは物足りないから、常に三つ用意して欲しい』と頼んだことから、一般客にもこういう風にして最初から三つ、出すことにしたらしい。逸品だから三品、出せって、ははははは」

男の笑い声に合わせて、まりもも微笑んで見せる。

心の中ではただただ、ださい奴だと思っている。やっぱりださい。ださ過ぎる。笑うとき、口に手を持っていくのがいや。気持ち悪い。あの指、五匹の白魚みたい。

豆腐料理の専門店。豆腐尽くしのコース料理。ふたり用の個室。畳の部屋に置かれたアンティーク調の洋風のテーブルと椅子。障子をあけると日本庭園。それらのすべてがまりもにとっては、ださいとしか思えない。あーあ、せめて、お豆腐のチーズフォンデュとか、お豆腐ステーキとか、そういうお店だったら許せたのに。

「以前、接待で連れてきてもらったことがあったんだけど、いい店だなと感心してて、またここに、まりもさんといっしょに来られることになろうとは。谷中霊園、と言われたとき、ここを思い出せてよかった」

散歩の途中で、まりもがお手洗いに行っているあいだに「まりもさんを驚かせたくて」スマートフォンで予約を取ったのだという。てっきり、ラブホテルで休憩するものだと思っていたのに。

男はきょう、仕事の都合により、夕方までには静岡に戻らなくてはならない。ということは、午後三時くらいまでには、東京駅へ戻っておく必要がある。だから、十一時ごろにホテルへ行って、済ませるべきことを済ませ、そのあとはどこかで適当に軽くランチ、というような心づもりにしていた。それがまさか、二時間以上もかけて、延々と出てくる豆腐料理を食べることになろうとは。

「豆腐もこうして続くと、ちょっとしつこくなってくるでしょ。だからほら、ここで口直しとして、フルーツ系の一品がぱっと出るんですよ。気が利いてます」

男は満面に笑みをたたえて、苺とマスカットで飾られた、豆腐ゼリーだか、豆腐プリンだかの説明を始める。

「まりもさんって、最初に会ったときには『苺ちゃん』っていうイメージだったなぁ」

やめてよ、と、まりもは思う。勝手に食べ物にするなよ。何が苺だ。そもそも女を果物とか、花とかにたとえる男は、もうそれだけでセンスが欠如してるんだよ。

「知ってますか、苺って、果物みたいだけど、野菜なんだよね。畑で穫れるでしょ。果物は木に生《な》るものなんです。だから、メロンも本当は野菜」

それにしても、と、まりもは分析する。この男は、どうでもいいようなことを、いかにも重要なことのように、女に教えるのが好きなんだな。

こんな男と結婚なんかしたら、大変なことになる。一生こいつに何かをうだうだと教えてもらいながら、頭の悪い女を演じ続けなきゃならない。

あのね、と、まりもは、目の前の男に見切りを付ける。

女を大事にする、ということと、女を愛する、ということは別物なんだよ。愛とは、もっと凶暴なもの。箸で摘まんだり、つついたりするものじゃない。ナイフでざくざく切られ、フォークで滅多突きにされるもの。そうされたって、平気。もっとどんどん蹂躙されたい。あたしもする。愛は容赦なく奪い合い、与え合うものなんだよ。そうじゃなきゃ、愛じゃない。

「さあ、最後は何が出るのかな。出てきてからのお楽しみです」

まりもは、心の中で舌打ちをする。こんなところでしょぼしょぼ、豆腐ばかり食べてるんじゃなくて、ホテルに連れ込んで、押し倒して欲しかった。そういう情熱、そういう欲望を、あたしは求めていた。

あたしは豆腐では、落とされない。

あたしを落としたかったら、たとえば。

たとえば、あからさまに、これ見よがしに、強引に。

封印していたはずの名前が浮かんでくる。

＊＊＊

「彩江子、大丈夫だった？」

掠れた声で、晴人は尋ねる。まぶたをきつく閉じたまま、放心したような表情になっている中条彩江子を見下ろしながら。

「……あ、うん、大丈夫だった、こんなの初めて。感じ過ぎて、どうしようって思ってたくらい」

恥ずかしそうに、大胆な台詞を口にする。

「ほんと、それなら安心した。途中でちょっと、痛そうやったから」

「痛いなんて全然。その逆」

彩江子の声も掠れている。あれだけ叫んだのだから、掠れて当然やな、と、晴人は好意的にそう思っている。女性解放と女性の自立を目指しているこの人が自分自身を最も解放できるのは、男の腕に抱かれて、我を忘れているときなんやな、と。

乱れている髪の毛を、指で丁寧に直してやりながら、

「好きだよ」

と、つぶやいてみる。

このひとことに、持てる限りの優しさをこめて。

ぱっと目をあけた彩江子の瞳の中に、嘘つき男の顔が映っている。

「私も大好きよ、晴人が好き」

愛おしさに似て非なる感情が胸に込み上げてきて、晴人は思うさま、彩江子の体を抱きしめる。終わったあと、多くの女はそうされるのを好む。この人の場合は、初回から、みずからしがみ付いてきた。

この人は僕が写真家として、大きく飛躍するきっかけを作ってくれた人だ。装幀家である愛里紗を紹介してくれ、愛里紗がその気になるように、仕向けてもくれた。世話になったと感謝している。だから、二ヶ月前のあの夜、義理でも義務でもなんでもいいから、抱いてあげなくては、と思った。彩江子がそれを望んでいることは、もっと前からわかっていた。

けれども、棚から牡丹餅、というのはこういうことなのか。

晴人にとって彩江子ほど、性の相性のいい人は、過去にはいなかった。フィットがいい、と言えばいいのだろうか。生真面目で、几帳面で、慎み深い女がベッドの上では放恣に乱れる。恥ずかしがりながらも、乱れる。その落差がたまらなくいい。

体だけじゃない。

聡明で、潔癖な性格。

それだけじゃない。

彩江子は尽くすタイプだ。過去に一度、傷ついているだけに、人を思いやる気持ちは尋常ではない。仕事に対する熱意も素晴らしい。きょうは、視覚障害のある人たちの集まりに参加してきたという。弱者のための社会づくり、というテーマで取材を重ねている。原稿が採用されるかどうかも、本になるかどうかもわからないのに。

晴人は素直に尊敬している。仕事人として、自分もこうありたいものだと。

セックスが素晴らしくて、人柄も性格も申し分なくて、仕事に対する姿勢も尊敬できる。これ以上の人がいるだろうか。

いない、と、頭ではわかっている。いないはずだ。

「好きや」

と、関西弁でつぶやいてみる。彩江子が喜ぶと知っているから。

「うれしい」

と、彩江子は両腕を晴人の背中に巻き付けてくる。

彩江子は「好き」の続きを、プロポーズを待っている。晴人にはわかっている。彩江子以上に、わかっている。

だが、できない。

できない理由が晴人にはある。

そしてそれは、ひとつではない。

＊＊＊

ジャズのスタンダードナンバーを流しながら、キッチンのあと片づけをして、春夏の服と秋冬の服の位置を入れ替えるために、クローゼットをあけたとき、流奈は異変のようなものを感じて、その場に直立不動になった。

何かが変。

何かが起こっている。

気持ち好くドライブをしているまっさいちゅうに、脇から急に音もなく、別の車にすーっと、割り込まれたような気がした。急ブレーキをかけても、間に合わない。

クローゼットの左側には玲門の洋服が、右側には流奈の洋服が掛かっている。左側の洋服は右側のそれよりも少なくなっている。それは当然だ。彼は今、旅に出ているのだから。流奈を凍り付かせたのは、だから、洋服の減り具合ではなく、洋服の選ばれ方だった。季節とは関係なく、彼の気に入っている物だけが消えている。

胸の中に、答えがひたひたと満ちてくる。

レイモンは、もう、ここには、戻って、こない。

そのつもりで、洋服を取捨選択した。

とうとうこんな日がやってきた。

レイモンは私を置いて、行ってしまった。

博多で暮らすつもりなのだろうか。

博多に好きな人ができたのだろうか。

と、そのとき、背中から誰かに声をかけられたような気がして、流奈は振り向いた。

ベッドサイドに玲門の置いていった、文庫本が流奈を見つめている。

立ったまま、小さな本を手に取った。『晴れのち曇り、ときどき愛』をもう一度、今度はゆっくりと、めくってみる。あるページで、流奈の手が止まる。抜け落ちた髪の毛を流奈は発見する。取り除こうとしても、取り除けない髪の毛だ。玲門が引いたと思われるオレンジ色のマーカー。その下に埋もれている、ふたつの文。

もう、あなたのことを愛していない。

でも、別れたあともあなたをなつかしがって、わたしはときどき淋しくなるだろう。

著者が昔の恋人に宛てて書いたメッセージだろう。マーカーはここだけだ。あなたは私のことで、わたしはボクのこと。それとも、その逆。彼はこれを、私がきょう読むと思っていたのだろうか。それとも何年かあとに読んで微笑んで欲しいと。それとも読まないままこの本を処分してしまえばいいと。

何もかも、風任せ。

なんてレイモンらしい、なんて優しくて、残酷なさようなら、なんだろう。

人生について、男と女が為すことについて、いかにも何もかもわかっているような、悟りを開いた女を気取ってきたけれど、結局、自分の人生については、何もわかっていなかったのかと思うと、笑える。

レイモン、幸せになってね。私も淋しくなるよ、ときどきね。

静かな音楽の流れている空間に、近くの工事現場から、コンクリートを叩き割るような音が鳴り響いて、流奈の感傷を吹き飛ばしていく。

＊＊＊

豆腐屋を出たとき、時計は午後二時を指していた。

「じゃあ、僕は車を拾って駅へ行きます。また連絡します。今度は静岡で会いませんか、よかったら土日に小旅行でも」

なるほど、そう来るか。

今度は有名な料理旅館でも取って、そこで蘊蓄を垂れ流しながら、あたしとの初夜を過ごすつもりか。そうは女が卸さない。

「あたしも駅までいっしょに。お見送りさせて下さい」

「わあ、それはうれしいな」

男は脂下《やにさ》がっている。

どうせもう二度と会うこともない男だ。最後は気持ち好くお別れしよう。いいあと味を残しておいてあげよう。今回はご縁がなかったということで、と、両親を通してお断りをすればいい。

いっしょにタクシーに乗り込むと、まりもは男に、最初で最後のサービスをしてあげることにした。

バッグを窓際に寄せて、男の膝と自分の膝がかすかに触れるようにして座り直し、さりげなく、男の手を取る。汗ばんでいる手を取って、軽く握る。我ながら、可愛い手だなと思う。指も可愛い。短く丸く切り揃えた爪に、透明なエナメル。どんなに忙しくても、手と指のお手入れは欠かしたことがない。曲がりなりにも、あたしはピアノ弾きなのだから。

ぎょっとしているような男の横顔に向かって、小さくつぶやく。

「あたし寂しいな、もうちょっと長くいっしょに、いたかった」

修くんだったらここで急遽、予定を変更して、ホテルへ行くんだろうなと思う。

男はまっすぐ前を向いたまま、おずおずと、まりもの手を撫ぜ始めている。

気持ち悪い、と思いながらも仕上げとして、もう片方の手を男の手に重ねようとしたとき、バッグの中でスマートフォンが震えた。

あわてて手を離して、離したその手をバッグに突っ込む。

この震え方は、修くん？

＊＊＊

「じゃあ、彩江子、また連絡するからね。待っててな」

「待ってる」

「仕事、がんばってな。でも、体を大事にしなきゃ駄目だよ」

「ありがとう。晴人もね」

玄関のドアの内側で、優しい言葉と抱擁を交わし合う。

午後八時だ。くたくたに疲れている。表参道にある愛里紗の仕事部屋で、プロフィール写真の撮影を終えたのは、午後四時半過ぎ。そこから直接ここへ来て、彩江子といっしょに過ごした。彼女の心尽くしの料理をゆっくり味わう暇もないくらい、あわただしい三時間だった。けれど、どこにも無駄はなかった。

きょうは泊まれないと、あらかじめ伝えてあるから、彩江子は清々しい笑顔で晴人を見送ろうとしている。文句ひとつ言わない。いっそ、予定を急に変更して「やっぱり泊まっていく」と、言ってあげたくなる。

晴人の胸の内を見透かしたかのように、彩江子は言う。

「ほんとはちょっと寂しいの。でも、我慢するね」

「ごめんな。どうしても、断り切れなくて」

「ねえ今度、愛里紗と三人で、飲みに行こうか」

どきっとする。しかし、彩江子のこの言葉には、裏はないとわかっている。彩江子には、愛里紗とのことは何もかも話してある。肝心なことを抜かしても、人は「何もかも」を話せるものなのだ。

「大賛成！　いいね。ぜひ実現させよう。結城さんの都合、訊いておいて」

「たとえば来月、本が出たとき、出版のお祝いを兼ねて、三人で『水無月』で飲む、とか」

「ああ、それいいね。グッドアイディアや。あのバーで、すべてが始まったんやから」

「すべてって」

「決まってるやん。彩江子とのすべて、だよ」

そう言って、晴人は彩江子のおでこにキスをする。

「おやすみ」

キスも、彩江子とのすべても、嘘ではない。嘘ではないけれど、真実でもない。

世の中の出来事のほとんどは、そういうものだろうと、晴人は思う。つまり、嘘でもなく本当でもない事柄が世の中を動かし、人を動かしている。

表通りに出ると、晴人は手を上げて、車を拾った。疲れているのに、気持ちは弾んでいる。写真機材の入った、重いはずのバッグも軽い。

ふんわりとした、愛里紗の笑顔が浮かんでくる。

——このあと夕方から、中条さんと会う約束があって。

晴人がそう言うと、愛里紗はにっこり笑った。

——まあ、そうなの。忙しいのね。くれぐれも彼女によろしく伝えてね。

まさか「会う」目的が「寝る」ことにあるなんて、思ってもいないだろうなと、思った。いや、そもそも、関心がない、ということなんだろう。晴人にはそれが少しだけ寂しくもあった。今も寂しい。撮影中、あれだけ心を開いてくれたのに、肝心なところは、閉じられたままだった。

《今夜も楽しかった。また会おうね。おやすみなさい。》

車に乗り込んでから、彩江子に「おやすみ」のメールを送る。

自分でもまめな男やなと感心する。嘘でも本当でもない彩江子に対する気持ちは、増えもしないが減ってもいない。乗り心地のいい車はキープしておきたい。

「あ、ここです。ここでいいです」

およそ四十分後、晴人を乗せた車は閑静な住宅街の一角で、急ブレーキをかけて停まった。

車内で居眠りをしていたせいで、行き過ぎてしまった。

車を降り、少しだけ引き返したところにある門扉の前で、晴人はインターフォンを押した。四角いスピーカーから聞こえてくる声に、耳を澄ます。

世界でいちばん、聞きたい声が聞こえてくる。

「はぁい、カガですけどー」

誰かに「よいしょ」と体を持ち上げてもらって、キッチンにあるインターフォンのマイクの前に、ピンク色の唇を寄せている姿が見えるようだ。

晴人は精一杯、甘い声を出す。自分の体のどこから、こんな甘い声が出てくるのか、自分でも不思議でならない。愛というのはきっと、こういうものなんだろう。

今この瞬間のために、自分はこの世に存在しているのだと思う。

「もみじちゃん、ただいまー、パパだよー」

第六話　それぞれの人生の「ある日」

A Day in the Life

——*Day 1*

日の出の前の薄明かりに照らし出された、秋の紅葉ほど美しいものはない。

なんて、まるで愛ちゃんみたいなこと、私が言うか。

島崎英里華は、窓の外を眺めながらひとり、目を細めている。

向かいのビルの赤煉瓦の壁一面を覆っている、アイビーの葉が燃え上がるようなオレンジ色に染まっている。今年は九月の終わりごろに突然、真冬並みの冷え込みに見舞われたせいか、どのストリートの並木の紅葉も、例年になく濃く、深い。

急激な温度差に驚いて、葉っぱたちはあわてて色を変えた。

英里華の目には、そんな風に映っている。

今朝も午前五時きっかりに目を覚まして、ハドソン川沿いの遊歩道を一時間半、軽快に走ったあと、部屋に戻ってシャワーを浴び、ストレッチをしてから朝食を用意した。

ブラックベリーとナッツ入りの全粒粉ベーグル。クリームチーズの代わりに、ブリーチーズを載せて。キウイ、りんご、メロンを適当にカットして、ゴールデンベリーと交ぜ合わせただけのフルーツサラダ。これに、刻んだプルーンを加えたヨーグルトをかけて。

三十代になった頃から、英里華はベジタリアンを通している。マンハッタンではまったく珍しくない。もっと厳格な、乳製品も卵も食べないビーガンも多い。

自宅とは別に借りている共同オフィスは、七番街の三十九丁目、通称「ファッション・ディストリクト」界隈にある。英里華のアパートメントのあるウェスト・ヴィレッジからは、歩いて三十分ほど。雨の日も雪の日も、てくてく歩いていく。デザイナーのオフィスに営業に出かけるときにも、一時間半以内の距離ならすべて徒歩で。

ビルとビルの谷間から、薄く射し始めた朝の光を浴びながら、トースターで焼いた全粒粉入りのベーグルをかじる。カフェイン抜きのブラックコーヒーを淹れたマグカップを手にした瞬間、恋人の声がよみがえる。

恋人、と呼んでいいのかどうか、いまだにわからないものの。

成田の空港ホテルで過ごした、ミルクとお砂糖たっぷりのカフェラテみたいな時間は、まだ遠景にはなっていない。

——英里華ちゃんは、体のラインがきれいだ。崩れてないね。なんていうか、ほら、あの楽器。コントラバスっていうのかな、あんな感じ。

崩さないために、涙ぐましい努力をしているのよ、と思っていたけれど、口には出さなかった。

——じゃ、もう一度、弾いてみる？

——できるかなぁ、俺。

——できなくても。

できなくてもいいの。ただ、うしろからそっと、抱きしめてくれているだけで。そう、コントラバスを抱くようにして。

なんて、くすぐったい台詞も、口にできなかった。

そんな甘ったるい台詞は、私には似合わない。

似合わないことをがんばってするのは、きちんとした女。

私はだらしない女だから、自分に似合わないことはしない。

一ヶ月ほど前、わざわざ会社を抜け出して成田空港まで見送りに来てくれた。だけではなくてその前に、空港ホテルでふたりきりの時間を過ごしてくれた「お義兄さん」を、可愛い人と、英里華はきょうも想っている。

愛ちゃんが「盗ってしまえば」なんて、言ったからだよ。

＊＊＊

マッシュルームリゾット。

贔屓にしているオーガニック製品専門のスーパーマーケットで、珍しい乾燥きのこを見つけたとき、結城愛里紗は「今夜はリゾットにしよう」と決めた。ドライのマッシュルームと、生のきのこを何種類か組み合わせて、リゾット用の特別なお米で作る。見た目は地味な一品なのに、食べるとリッチで、風味も佳《よ》く、たっぷりと豊かな気持ちになれる。結城修の好物でもある。

今朝、修はなぜか、

――きょうは早く帰ってくるぞ。とびきりうまいもの、食わせろよ。

わざと乱暴な言い方をして、キッチンに立っていた愛里紗の背中から胸に、両腕を回してぎゅっと抱きしめた。

――な、うちの、奥さん。

愛里紗が黙っていると、ぎゅうぎゅう力をこめてくる。

――どうだ、参ったか、なんとか言えよ。

よそで、何かいいことでもあったのかしら。

会社に、好みの女の子が入ってきた、とか。

愛里紗はぼんやりと、そんなことを思っていた。

何か目新しい目標なり標的なりを見つけたとき、修は、体に満ちてくるエネルギーを持て余すのか、愛里紗に対しても「男」をぶつけてくる。

愛里紗は英里華のようにそれを「可愛い」と、思ったりしない。

夫の腕の中で、愛里紗はまったく別のことを考えていた。

装幀はひらめきがすべて。あれこれ考えて、考え込んでしまったら、いい作品にはならない。ひらめきがすべてを決める。けれども、そのようなひらめきは、人生には適用できない。では、人生には何が必要。何が人生を決めるの。

ぼんやりと、そんなことを考えていた。こんなことを思うのは、現在、手がけている仕事が難航しているせいなのかしら。

今も考えている。スーパーの売り場を行き来しながら。ぼんやりと。

夫には恋人がいる。昔もいたし、昔からいたし、今もいる。

私にも、いても、いいのかもしれない。

いなくても、いいのかもしれない。すでにいる、のかもしれない。

言葉にすれば、そのようになる。今はまだ、言葉にはなっていない。これから先も、ならないのかもしれない。

＊＊＊

次はいつ会えるのかな、お義兄さんに。

指をくわえた子どものように焦がれながら、英里華はいつだったか、姉の愛里紗と交わした戯れの会話を思い出す。

あれは数年前の帰国時に、実家の両親と四人で温泉旅行をしたときだった。

脱衣場で裸になって、全身の映る姿見の前にふたり並んで立っていた。

――ねえ、愛ちゃんと私、一度、入れ代わったりしてみない？

英里華はいつも不思議に思う。

私が努力に努力を重ねて辛うじてキープしている体のラインを、姉はなんにもしないで、むしろ、怠慢を重ねているくせに、失っていない。本当は隠れたところで、必死でがんばっている？　ノー、絶対にそんなことはない。「がんばる」という言葉ほど、愛ちゃんに縁のない言葉はない。

――それって、私が英ちゃんになって、英ちゃんが私に。

――そう、私が愛ちゃんになってお義兄さんと東京で暮らして、愛ちゃんはマンハッタンへ来て、取っ替え引っ替え、いろんな恋人たちと過ごすの。楽しいよ！

――楽しそう、だけど……。

――絶対に、ばれないよ。だって、こんなに似てるんだもん。ほら、そっくりでしょ。ここも、ここも、ここも瓜ふたつ。

あのとき愛ちゃんは、一瞬だけ、だったかもしれないけれど、本気で入れ代わりを想像していた。そんな気が英里華にはしている。

何も考えていない、いかにもぼんやりしている女に見えるのに、涼しい顔をして恐ろしいことを平気でやってのける。そんな魔力を持っている。天災的な破壊力の持ち主。それは、私だけが知っている彼女の秘密。

朝食のテーブルを片づけながら英里華は、秘密に向かって、小さくつぶやく。コントラバスのようにうしろから、修にそっと抱かれている愛里紗を想像しながら、自分にそっくりな女に向かって。

愛ちゃん、盗られないようにしなさいよ。

＊
＊＊

きのこ類のほかに必要なのは、白玉ねぎ、ガーリック、パセリ。

バスケットの中に食材を入れていきながら「サイドディッシュは、いんげんのピーナッツバター和えがいいかな」と、愛里紗は思いを巡らせている。

ストックは、あり合わせの野菜で作ろう。リゾットの決め手は、ストックとチーズ。チーズは、パルメザンとロマーノを6対4の割合で。

下準備は簡単だけれど、リゾットはかなりの技量を、早業を要する料理だと思う。フライパン二枚を使って、片方できのこと野菜を炒めながら、片方でお米をストックで煮詰めていく。最後に両者を混ぜ合わせたらできあがり。さらに重要なのは、作り立てを食べること。愛里紗にとっては、食べさせること。少しでも時間を置くと、お米が水分を吸収し、膨らんで、べたついてしまう。だから、修の顔を見てから、作り始めなくてはならない。

レジで支払いを済ませて車を呼び、店の前のベンチで待ちながら、愛里紗はぼんやりと、思い描いている。

先週、誘われて遊びに行った、世良晴人のアパート。どう見ても「マンション」とは呼びにくい。

遊びに行った、というよりも、写真を見せてもらいに行った、というのが正解なのだけれど、愛里紗にとっては、ふらふらと遊びに行ったようなもの。

愛里紗の常識では考えられないほど狭くて「こんなところに、人が住めるの」と首をかしげながら、本当に声に出して、笑ってしまった。六畳と四畳半と台所兼玄関口。三階にあるのに、陽のまったく当たらないベランダ。

四畳半の部屋は、写真の機材や仕事道具などで足の踏み場もなかった。フローリングの台所は、人がひとり立てば、いっぱいになってしまう。食べるのも寝るのも、六畳ひとまで済ませているという。そんな狭さ、貧しさが愛里紗にとっては新鮮で、面白おかしく見えた。晴人の写真を見せてもらいながら、彼曰く「貧乏旅行」の話に耳を傾けていた時間は、秘密の隠れ家で、ままごと遊びをしているようだった。きれいな男の子と、ふたりきりで。

到着した車に乗り込んで、自宅の住所を告げたあと、愛里紗はぼんやりと、ある場面を想像した。

この車に乗ったまま、あの、狭苦しいアパートへ行って、マッシュルームリゾットを、あの、きれいな男の子のために作る。

私には、そんな人生もあるのだろうか。

装幀に必要なのはひらめきで、人生に必要なのは夢想。

夢想で始まり、夢想で終わるのが人生。

愛里紗の心の中に渦巻いていた「ぼんやり」を、言葉に換えれば、そうなった。あるいは、このようにもなるだろうか。

人が夢想したことは、心の中では現実に変わっている。その現実に抗うことは難しい。望んでいようと、いまいと。

⁂

山積みになっていた書類がきれいに片づいた。

俺には、管理職としての能力もあるし、事務能力もあるんだよな、と、得意の自画自賛をしながら、修は内線電話を取り上げると、有能な専属秘書を呼び出して告げた。

「二十分後に社を出ます。一箇所だけ立ち寄って、お世話になっている人に届け物をしたあと、自宅へ直帰。届け物は、そうだな、チョコレートの詰め合わせか何か。急だから、隣の店のでいいよ。最高級で頼みます」

「かしこまりました」

修のお気に入りの草食系男子秘書は「チョコレートの詰め合わせ、最高級」だけで、すべてを理解できる切れ者である。和菓子でもなく、ケーキ類でもなく、クッキーなどの焼き菓子でもなく、ワインでもなくチョコレート、と言えば、贈る相手は若い女と、相場は決まっている。隣のビルには、知る人ぞ知る、ベルギーチョコレートの専門店が入っている。

立ち上がって、帰り支度をしながら修は、ほくそ笑む。

しかし、どんなに切れ者のあいつにも、想像できないだろうな。俺が今、入れ込んでいる女がどういう種類の女なのか。

先月、午前中だけのアルバイトとして入社してきた、加賀櫻という女。

採用したのは、修だ。時差のある海外からの連絡に対応できるよう、短い時間でいいから、朝早くから社に出てきてくれる語学堪能な人材を探していた。

嘘か真か、知る由もないけれど、櫻は、大学院の博士課程でフランス文学を研究していると、履歴書には書かれていた。フランス語のほかに、英語と中国語もできるという。第一印象は、できる女。頭の回転が速くて、話術に長け、今夜からでも銀座のホステスとして働けそうだった。表情は温和なのに、まなざしには意志の強さが表れていた。柔らかそうな部分と、硬そうな部分の、バランスが取れていると思った。外見は申し分なく、俺の好み。瘦せているのにグラマラスな体つきに「そそられる」と、舌なめずりをした。

さっそく、ふたり歓迎会と称して、ランチに誘った。

都内でいちばん旨いと評判の、うなぎを食べさせる店。

そこで、修は、度肝を抜かれるような話を聞かされた。

——加賀さん、午前中はうちで働くとして、午後は何をしているの、研究のほかには。

——忙しくしています。仕事です。デートクラブみたいなところに登録していて、
そこで目一杯、働いています。

うなぎの味がどこかへ飛んでいった。

——デートクラブって、まさか、あの。

ソープランドってことなのか。

目を瞬いている修に、クールな視線が向けられた。

——結城さん、意外と世間知らずでいらっしゃるんですね。お金持ちのおじさまとデートをして、時間給でお金をいただく仕事です。体の関係は、いっさいありません。孤独な人を楽しませてあげる献身的な仕事です。正当なサービス業。ギブ・アンド・

テイク、いえ、ウィンウィンの関係かな。私、子どもがひとりいるので、お金がいっぱい必要なんです。

子ども？

彼女は独身で、母親といっしょに暮らしていて、なおかつ、亡き父が残してくれた遺産によって、経済的には安定しているのではなかったのか。面接のとき、本人がそんなことを言っていた。ただのシングルじゃなくて、シングルマザーだったというわけか。

――親にばっかり頼っているわけには行かないでしょ。私、自立した女性なんだし、親だって年老いてきたら、いろいろお金がかかります。

デートクラブも驚きで、子どもがいるというのも初耳で、目を白黒させている修に、櫻はさらにびっくり仰天させるようなことを言った。

――正直に告白すると、私、玉木まりもちゃんの親友なんです。まりもからいつも、お話は伺っていました。まりもと別れたんなら、私と交際していただけませんか。私、面倒臭い女じゃありません。安心して下さい。結城さんだったら、クラブの会員になっていただかなくても、個人契約で大丈夫です。今すぐじゃなくても大丈夫です。お心が決まったら、お返事下さい。

面白いじゃないか、と、修は思った。

これは新手の女が現れたぞ、と、奮い立った。面倒臭いまりもとはおさらばしたし、遠距離の英里華とも当面のあいだは会えないし、誰かいい人いないかな、などと思っていた矢先である。

膝の上に置いたチョコレートの小箱と、そこに掛かっている小綺麗なリボンを撫でながら、修は運転手に行き先を告げた。

櫻の娘が預けられているという保育園。そこへ立ち寄り、職員にチョコレートを預けておく。きょう、やっておくべきことは、それだけだ。

あしたは娘の誕生日だと言っていた。

櫻ちゃん、これが俺からの「ウイ《oui》」だ。お心は「イエス」だよ。

――*Day 2*

まさか、自分がこういうことをするとは、思ってもみなかった。

というようなことをしている自分を、今夜の水無月流奈は、楽しんでいる。

ライヴハウス「ワンデイ」——。

ここは、流奈が佐藤玲門と再会した店だ。

ある日、ロンドンで知り合い、愛し合うようになってパリで暮らして、でもある日、詰まらないことが原因で別れてしまって日本へ戻ってきて、東京でバーテンダーの修業をしたあと、流奈が自分の店をオープンして、まもない頃。休日の夜は、ジャズバーやライヴハウス巡りをしていた。趣味と実益を兼ねて。

玲門が日本へやってきているなんて、知らなかった。

その日の夕方、行きつけのスナックで一杯、軽く引っ掛けてから「ワンデイ」を覗いてみた。視察のつもりだった。流奈の店の客のひとりから「面白い店ですよ。いつもいい演奏が入っている」と、教わっていたから。

店は特に面白くなかったけれど、確かにいいバンドが入っている、と、感心した。フォークとロックとブルースが絶妙のバランスで混じり合っているような不思議なバンド。七〇年代から八〇年代にかけて、ボブ・ディランといっしょに活躍していた「ザ・バンド」を彷彿させる。特に、あの、クールなピアノがいい。

どんな人が弾いているんだろう。

ピアノの前に座っているのが玲門だとわかった瞬間、現実が遠のいて、流奈は弾かれたように立ち上がり、ピアノに向かって歩き出していた。テーブルの上の一輪挿しに挿さっていた、オレンジ色のガーベラを抜き取って。

玲門は顔を上げ、目をぱちぱちさせながら、流奈を見ていた。演奏を中断して、花を受け取ったあと、ステージの上で、流奈を抱きしめた。玲門は、そういうことをしても許される男だったし、そういうことの似合う男だった。観客は割れんばかりの拍手をしてくれた。

あの夜から、玲門との日々が始まった。ふたりの第三楽章。

そして、突然の幕切れ。

今となっては遠い「あの日」がなつかしい。

あの日のふたりに会いたいと思って、流奈はここへやってきた。

まるで十代の女の子がするようなことを、今夜はしてみたいと思って。

＊
＊＊

予期せぬできごと
予期せぬできごと
それが俺を変えたのさ
それがきみを変えたのさ

トビリュウのオリジナル曲『奇跡』が始まった。

鍵盤に指を躍らせながら、玉木まりもは思っている。誰の声に似ているか、と問われたら、トビリュウの声は「男ジャニス・ジョップリンだ」と答える。

この会場にいる人全員、あたしの演奏なんて、聴いていない。みんな、彼の声と歌に夢中だ。それでもあたしは幸せだ。ここでこうして弾いていられるだけで。

こういうことって、起こるんだ。

予期せぬできごと。予期せぬできごと。それがあたしを変えたんだ。

あの日、かかってきた一本の電話。

見合い相手、名づけて豆腐男との豆腐時間を終わらせてくれた予期せぬ電話は、名前すら覚えていなかった音楽プロデューサーからのもので、トビリュウこと、飛田龍《とびたりゅう》司《じ》と組んでいたピアニストが急病にかかってしまい、ピンチヒッターを探している、あしたとあさっての夜の都合はつきそうか、という内容だった。

——ギャラは弾みます。玉木さんはクラシックで鍛えているから、お茶の子さいさいじゃないかとのことで、ジャズ研の講師から推薦してもらいました。実はほかにも候補がいたんだけど、飛田さんの眼鏡には適わなくて。

お茶の子さいさいはないだろうと、慎み深く思いはしたものの、即決で引き受けた。なぜならまりもは、ロックバンド時代のトビリユウのファンだったから。

その日の夜、テストということで一曲、弾いてみせたとき、トリビユウは親指を立ててくれた。

——いいね、ちょっと下手。その下手さ加減がちょうどいい。上手過ぎる奴は、俺の歌を殺してしまうからさ。

まりもは『奇跡』を夢中で弾く。

ちょっと下手、ちょっと下手、この下手さ加減があたしの持ち味。

ピアノが歌っている、あたしのために。あたしも歌っている、ピアノのために。

夢中になるって、素敵なことだ。こんな風に、何かに夢中になっているあたしがあたしは誰よりも好き。その何かがピアノであり、音楽である、ということの幸せ。

もしかしたら、これが音楽で身を立てるってこと、自立ってことなのかな。

ああ、自分を好きになるって、こんな経験、初めて。

ああ、あたしは、音楽をやりたかったんだ。

こんな風に自由に、弾きたかったんだ。

こんなことって起こるんだ、こんなことって起こるんだ。あたしはまだ信じられないよ。こんな奇跡があたしの人生にやってくるなんて。

＊＊＊

カウンター席のすみっこで、ウェットマティーニをもらって、さっきから流奈は、男性ヴォーカリストの、妙な熱情のこもった歌に耳を傾けている。男がロックバンドのヴォーカリストとして人気を誇っていた頃、流奈は外国で暮らしていたので、彼のことはまるで知らなかった。

お客はみな、この男の古くからのファンなのだろう。

狭い空間には、熱気と熱いまなざしが満ちあふれている。

カヴァーが終わったあと、オリジナル曲が何曲か、披露された。

あの日きみを見つけた瞬間
俺の体に電流が走った
もうきみなしでは生きていけない
きみがいなかったら
俺の世界は世界じゃなくなる

流奈にとっては、まだまだねんねだなと、微笑ましく思えるような歌詞だった。

だからどう、ということはない。子どもが子どもの歌を歌う。それのどこがいけないのか。いけなくはない。ただ、子どもの歌は大人の胸には響かないということだ。

でも、あのピアノはいい。

弾いている女の子がいい。

自信と確信を持って、自分で自分の音に酔っている、そこがいい。

アーティストは、自分に酔っていなくちゃ駄目だ。しかもそれは、泥酔じゃないと。筋の通った、覚醒した、泥酔じゃないと。

流奈は、カウンターの上に飾られていたガラスの花器から、血のように赤いダリアを一輪、抜き取ると、ピアノに向かって歩いていった。

＊＊＊

飛行機は、博多へ向かっている。博多行きの最終便だ。

玲門は読みかけの本を閉じ、まぶたも閉じて、流奈のことを思い出している。

きょうは店の定休日。今ごろ、どこで、何をして遊んでいるのだろう。

思い出すのは、流奈の全体像だ。

いい女だった。

いかした女だった。

女にしておくのは、もったいないような女だった。

女は五十代からがいい。そんなことも思った。

なぜ五十代からがいいのか。それは匂いがなくなるからだ。日本で再会したときの流奈には、匂いがなかった。若い女独特の匂いがなかった。いやな匂いがしなかった。余計なもの、たとえば女の欲望、女の執着、女の嫉妬などを全部、篩《ふるい》に掛けて落としたような、実にすっきりとした、いい女になっていた。

しかしながら、と、玲門は、いつも突進するような歩き方で自分に近づいてくる男の姿を思い出して、下がりかけていたテンションを上げる。

男は若いのがいい。

男と付き合うなら、若い男に限る。

あの匂いがたまらなくいい。

飢えた獣の唾液みたいな、あの匂いがボクはたまらなく、好きっちゃん。

——*Day 5*

「彩江子さん、もしかして最近、何か素敵な出来事でもあったのかな」

仕事の帰りに久方ぶりにひとりで立ち寄ったバー「水無月」のカウンター席に、中条彩江子が腰を下ろすなり、おしぼりと共に、そんな言葉が差し出された。

常連客と言えるほど頻繁に通ってはいないものの、女性経営者とは「彩江子さん」「流奈さん」と呼び合えるほどには親しくなっている。

「素敵な出来事、ですか、なんだろう。でもどうして」

思わず知らず、弾んだ口調になる。

「どうしてって、しばらく見ないうちに、ずいぶんきれいになってるから。あ、駄目だ。こんなこと言ったら、セクシャルハラスメントだよね。もとからきれいだったんだし。これってお世辞じゃないよ」

「流奈さんなら、許されます。セクハラでもお世辞でも」

「そうなの」

「そうです。セクハラになるか、褒め言葉になるかは、時と場合と相手によるんです」

「じゃ、言わせてもらうけど、きれいになったねって、男の人からもよく言われない？」

言われません、と、答えかけた言葉を彩江子はあわてて呑み込む。

確かに言われた、男の人から。

つい三日前に。表現は少し違っていたけれど。

＊＊＊

——あなたには女難の相が出ています。

家の近所の公園の入り口付近に陣取って、女性客の手相を見ている、占い師の姿に目を留めたとき、世良晴人はふいに思い出した。

その昔、酔った勢いで手のひらを預けた占い師から、真顔で言われた台詞。

——しかもそれは、尋常なものではありません。よほどの覚悟を決めておかないと、あなたは女で身を滅ぼします。

当たってる。

大きく、うなずくしかなかった。あの頃はちょうど、加賀櫻の「妊娠騒動」が勃発しているまっさいちゅうだった。だから、

——しかしながら、女によるトラブルを解決してくれるのも、また女であることに

間違いはありません。重要なのは、災いをもたらす女と、救ってくれる女を、あなたが見分けられるかどうかです。

そう言われたとき、まことに有り難いお言葉をちょうだいしたものだ、と納得しつつ財布から千円札を三枚、取り出したのだった。

あの占いは、当たっていた。

櫻とは、すったもんだの末に「できちゃった婚＆スピード離婚」をした。大学生だった櫻から、妊娠したから結婚してくれと迫られ、結婚したとたん「あなたとはやっていけない。子どもはひとりで育てる。別れて欲しい」と、一方的に宣告された。

あれは、女難以外の何物でもなかった。

そうして、女難から救い出してくれたのは、ほかでもない、櫻の産んだ娘のもみじだった。

別居中に生まれた赤ん坊に、会わせてもらったその日、晴人は恋に落ちた。世の中に、こんなにも可愛い女の子がいるなんて、しかもそれが自分の娘だなんて。

離婚に応じる唯一の条件として「親権も養育権も譲るが、娘には定期的に会わせてもらいたい」と申し出た。櫻はあっさり承知してくれた。

以来、もみじは、晴人の生きがいとなっている。

目に入れても痛くないほど可愛くて、会うたびに可愛くなっていき、うれしいことに、もみじもいたく、晴人を気に入ってくれている。別れ際には「パパ、パパ、やだー。もみちゃんも、パパんちへ帰るー」と言って、泣くようにすらなっている。相思相愛の仲なのだ。それをいいことに、櫻は晴人をベイビーシッター代わりに使うようになっている。晴人にとっては、願ってもないことに。

＊＊＊

——彩江子、角が取れて、なめらかになってきたな。とんがったところがなくなって、ほんまに円《まろ》やかになった。これって、僕のせいなんかな。

思い出すと、耳の付け根のあたりが熱くなる。

今はほかのお客が座っているカウンターの奥の席に、彩江子はそっと視線を移す。

あの席とその隣の席に座っていた、彼と私。どこかぎくしゃくしていたふたり。五月の爽やかな風のような彼と、緊張し、張り詰めていた私。

あれから半年が過ぎて、ふたりの距離は、肌と肌を合わせられるまでに縮まった。

あれから、いいことばかりが起こっている。流奈の言葉を借りるなら、素敵な出来事ばかりが。

細かい仕事も、大きな仕事も、順調に進んでいる。

先だっては、悲願の単行本企画「弱者のための幸福な社会とは」が実用書を得意とする出版社の会議に通って、正式に刊行が決まったばかりだ。もともとは別の会社で準備を進めていた連載ルポが没にされ、それでもあきらめないで自主的に取材と執筆を積み重ねてきた。思い返せば企画を没にされた日に、私は偶然このバーへ来た。そうしてこのお店から、彼に連絡をした。あの、思い出の席から。

素敵な出来事は、晴人の方にも起こっている。

結城愛里紗の装幀で、晴人の写真を使った長編小説の単行本の売れ行きはさほど芳しくなかったものの、晴人の廃墟の写真に対する各方面からの評価は、予想をはるかに超えて好意的だった。愛里紗と晴人のコンビに、他社からも依頼が舞い込んできて、別の仕事も進行中だ。晴人の写真集の出版企画も持ち上がっている。もちろん愛里紗の装幀で。愛里紗が晴人の写真を高く評価してくれていることも、彩江子は、まるで自分が彼女から認められているようで、うれしくてたまらない。

素敵な出来事のすべては、ここから始まった。

思い出のバーへひとりで立ち寄って、思い出の場所でひとり、お酒を飲む。好きな男に思いを馳せながら。自分にそんなこと、ひと頃は忌避していた女らしいことができるようになるとは、半年前には、思ってもみなかった。

あの頃はただ、がむしゃらに、鼻息も荒く、全身から針を出しながら、突き進んでいっていた。まさに、猪突猛進。「もしも男が出産のできる体をしていたら、悪阻や陣痛を軽減する薬はとっくの昔に開発されていたはずである。女の出産の痛みを女の喜びと定義して看過し、なぜ、男の勃起を喚起する薬ばかりが開発されるのか」なんて、いきり立った原稿を書いていたのは、どこの誰。

⁂

家路を急ぎながら、晴人はコートの襟を立てた。

向かい風と追い風が代わる代わる吹いてくる。その風が妙に冷たい。十一月になったとたん、急に日が早く暮れるようになった。自分も何かに急かされているような気になる。

女難か。

災いをもたらす女と、救ってくれる女。

つまり、あの占いは今も、当たり続けているってことか。

自問して、自答する。当たっている。決まっている。

災いをもたらすのは人妻である愛里紗で、救ってくれるのは彩江子に決まっている。

行き詰まっていた仕事に突破口を与えてくれた、つまり、救ってくれたのは、彩江子だった。彩江子が愛里紗を紹介してくれたことで、すべてはうまく進み始めた。

待てよ。

彩江子が災いのもとで、それを救ってくれるのが愛里紗なんか。

馬鹿を言うな。天と地が逆さになっても、そんなはずはない。

時間と体を重ねれば、重ねるほど、彩江子に対する信頼感は、深まっていく。いい人だと思う。きちんとしている人だと思う。仕事にも生活にも誠実で、愛情深くて優しくて、年上だけど可愛いところもあり、彩江子なら、両親にも気に入ってもらえるという自信がある。離婚経験のある彩江子、だからこそ、晴人も正直に、自分の離婚の顛末を打ち明けられると思っている。

だが、踏み切れない。あと一歩、というところで、何かが待ったをかけている。

＊＊＊

今宵のスペシャルカクテル、オールド・ファッションドを飲みながら、彩江子は、三日前に交わしたばかりのふたりの会話を思い出している。心地好く疲れたあとの睦言を。あの日と同じ、女らしい、だらしない笑みを浮かべて。

――ああ、もうじき十一月やな。息をつく暇もなく忙しかった。貧乏暇なし。

――ほんと、ばたばたしてるうちに、十月もあっというまに終わるね。

――十一月の別名、彩江子、知ってるか。

――ええっと、なんだっけ、十月は神無月でしょ。

――そう、十月は出雲大社に神社の神様が集まるから、ほかのところに神様がいなくなって、神無月。その神様が十一月には戻ってくるから、神帰り月。

――ほんとなの。晴人、なんでそんなこと、知ってるの。

――僕のばあちゃんな、母の母の方やけど、出雲の人なんや。今も出雲におるわ。そのばあちゃんが教えてくれた。小さかったとき、このばあちゃんに、ものすごく可愛がられてたんや。いつか彩江子を連れて、出雲へ行けたらええなぁ。ばあちゃんに会わせたい。

聞きながら彩江子は「これって、プロポーズ？」と、ときめいていた。乳房が火照《ほて》っていた。先端がとんがって、ひりひりしていた。それは、晴人に思うままにされたから、だけではなかった。会わせてくれるの。私を引き合わせてくれるの。どういう風に紹介してくれるの。

今もそう思っている。けれど。

ねえ、いつかって、いつ。

あのとき、喉まで出かかっていた質問を抑えてしまったのは、なぜだったのだろう。いつ、と尋ねて、返ってくる答えを、私は恐れていたのだろうか。

でもなぜ。なぜ、恐れなくてはならないの、なぜ。

返ってこない答えに、彩江子は耳を澄ました。

と、そのとき、カウンターの奥にある階段を誰かが降りてくる音がして、彩江子の思考は遮られた。

洗いざらしのコットンのシャツに、スリムなデニム。胸もとにはネイティブアメリカン風なネックレス。髪の毛は肩の上で切り揃えられたストレート。女子大生のようにも見えるし、少年のようにも見える。華奢な体つき。

優しげな表情をしている。瞳には強い力がある。挑発的な力、と言ってもいいだろうか。「ねえ、私を見て」と言っているような。

いつか、どこかで顔を見たような気もするのだけれど、彩江子には思い出せない。

カウンターの中できびきび仕事をしている流奈に目配せをしたあと、彼女はピアノに向かって進んでいく。まるで、生まれた場所に帰っていくように。

女性ピアニストが弾き始めたのは、ショパンだった。今までに彩江子が一度も聞いたことのない、それは独創的で縦横無尽なショパンだった。

「流奈さん、ピアノの人、新しい人？」

つぶやくように問いかけると、答えが返ってきた。

「見つけたのよ、私の素敵な宝物。発掘したって言うべきかしら。とっても面白いのよ。若いくせに昭和のことに詳しくて、昭和生まれの私と気が合うの」

そのあとに流奈は、謎めいた笑みを浮かべて付け加えた。

「今、いっしょに暮らしているの」

⁂

「ありさ」

晴人は、声に出して、その人の名をつぶやく。

あの人はいったい、どういう人なんだろう。

彼女には、何を考えているのか、わからないようなところがある。僕のことをどう思っているのか、どうとも思っていないのか、尋ねたこともないから、皆目わからない。尋ねても答えは返ってこないだろう、という気もする。

ただ「撮らせて欲しい」と頼めば、必ず撮らせてくれる。

廃墟や風景の写真だけでは飽き足りなくなったので「人を撮りたいんです」と、愛里紗に打ち明け、

――人っていうのは、結城さん、という意味なんですけど。

と言ったときにも、愛里紗は「まあ」と、ちょっとだけ驚いた表情になったけれど、そのあとには、いつものふわふわっとした笑顔になって、

――私でよければ。

と、答えてくれた。

以来、ときどき愛里紗の仕事部屋へ行かせてもらい、写真を撮らせてもらっている。もう数え切れないほど、撮った。すべてモノクロ写真。しかし、撮っても、撮っても、彼女のまとっているベールをはがすことは、まだできていない。たとえ彼女が衣服の一部を脱ぎ、肌の一部を見せていても。つまり、撮ることはできても、盗ることはできないのだ。彼女という人は。あの人は、特別なんや。奪いたいのに奪いたくない、永遠のバージンなんや。

もしかしたらあの人は、あの人こそが廃墟なのだろうか。かつては栄えていたことのある女が侵略者によって壊滅的に破壊されたあとに、それでも幽《かす》かに残っている、儚い女の廃墟。

写真に撮りたい女と、撮るに足りない女がいるとすれば、愛里紗は前者で、後者は

彩江子だ。愛里紗に対する気持ちは神聖なものに対するあこがれで、彩江子に対する気持ちは同情か友情か。そういうことや、と、晴人は思う。思う端《はな》から言い直す。どういうことや。

彩江子を抱いていても、最後だけは愛里紗を思い浮かべて果てる。なぜそうなるのか、自分でも自分の性の謎を解明できない。愛里紗と寝たら、自分はどうなるのか、想像することもできない。それに、愛里紗は他人の妻だ。奪うことなどできない。

わかっていながら、性懲りもなく、晴人は夢想してしまう。

たとえばあの人を連れて、どこか遠い外国の島へ行って、そこで自由気ままに暮らす。そういう人生もあるのではないか。日本での仕事も人間関係も捨てて、別世界で別人として生きる。ありえない人生。しかし、なぜか、愛里紗となら、それが可能になる。愛里紗ならそれを面白がってくれる。ふわふわっとしたあの笑顔で「いいわね、行きましょう」と、言ってくれそうな気がする。

日本からいちばん遠い南の島。

そこで、僕は漁師か何かになって、地元の人たちといっしょに真っ黒けになって働く。あの人はただ、毎日、遊んで暮らしていればいい。きれいな洋服を着て、美味しいものを食べて、好きな料理を作って。晴れた日にはビーチへ行って泳ぎ、雨の日は本を読んで、音楽を聴いて、夕暮れ時にはふたりで散歩に出かける。裸足で、波打ち際を歩く。

妄想は膨らみ、馬鹿馬鹿しさも膨らんでいく。

しかし、馬鹿馬鹿しくない人生って、あるんか。この世界は、馬鹿馬鹿しい人生だけで、でき上がっているんやないのか。

路上に舞い上がるレジ袋を避けながら、晴人は、心の中で嘯《うそぶ》く。背中を丸めて歩いてくる人々とすれ違いながら、雑踏の中で。

今、おまえらが生きている人生は、ひとつの例外もなく、馬鹿馬鹿しくはないんか。

通りの先に、ひとり暮らしの侘しいアパートが見えてきたとき、スマートフォンが震えた。ズボンのうしろポケットから取り出すと、櫻からだった。

かつては妻だったこともあり、愛する娘の母親でもあるのに、今は自分からいちばん遠いところにいる女。

＊＊＊

——考えてみます、ちょっとだけ時間を下さい。

結城修から、金曜日から週末をはさんで三日間の小旅行に誘われたとき、櫻はとっさにそう答えた。心の中ではすでに、行こうと決めていた。

行き先はシンガポール。修の仕事関係の出張に同行する旅である。

まるで日帰りの国内旅行に誘うかのような、気軽な言い方だった。おそらく、これまでにも似たような形で、いろんな女を連れていったに違いない、と思わせられるような。

櫻はシンガポールへは行ったことがない。だから行きたい、と思ったわけではない。

——費用はゼロ。櫻ちゃんは身ひとつで来たらいいよ。洋服でもバッグでも靴でも、現地でいくらでも買ってあげるから、着の身着のままで来たって大丈夫だ。パスポートは持ってるよね。

——はい。

お金が一円もかからないから、行ってもいいと思ったわけでもない。

——ああ、そうそう、これは契約だからね、ちゃんとギャラも支払うよ。心配しなくていい。日本で休んだ仕事の倍以上は払ってあげるから。

お金が儲かるから、行ってもいいと思ったわけでもない。お金なんてもう、どうでもよくなっている。

——俺が仕事に出かけているときは、ひとりで遊んでたらいい。ただ、俺がフリーのときには俺のそばにいてくれるだけでいい。

——そばにいるだけで、いいんですか。

——うん、ただし、裸でだよ。ベッドの外へはやらないよ。

行きたいと思った理由は、これだ。

信じられない、こんなことが起こるなんて。

まりものパパだった男に、私、恋をしているわけ？

ありえないことが起こっている自分の人生を、櫻はなかなか気に入っている。エキセントリックだと思う。人と似たような生き方なんて、詰まらない。

修と初めて顔を合わせたときから、これは危ないなと、思ってはいた。つまり、本気で好きになるかもしれない、という予感はあった。なぜなら修には、亡くなった父親の面影があったから。小学三年生のときに、櫻は父を亡くしている。自分がファザコンであることは素直に認める。父も櫻を溺愛していた。

その父の残してくれた田園調布の家で、櫻ともみじと母親は暮らしている。母親は数年前から心の病を患い、自分だけの世界で生きているので、櫻ともみじはふたりで暮らしているようなもの。

ときどき、ベイビーシッター代わりに、晴人を家に呼ぶ。呼び出すと、晴人は脱兎のごとくやってくる。向こうに預けることもある。もみじにとっては大好きなパパだけれど、櫻にとっては、とっくの昔に脱ぎ捨ててしまった男に過ぎない。

櫻の今の「私の男」は、修なのだ。

まりもの使い古しであることは、気にならない。

会いたい。抱かれたい。そばにいたい。手に入れたい。

引きこもりの状態になっている母親の部屋に食事を運んでいったあと、櫻は、スマートフォンから修にショートメールを送った。修は過去に何かいやなことがあったのか、LINEをひどく嫌っていて、ふたりは電話とメールでつながっている。「シンガポールへ連れていって下さい」と書いた。「お金は要りません」と書いてから、消した。

お金は、あればあるほどいいと思っている。母親の医療費もかかるし、もみじの養育費や教育費もかかる。父から受け継いだ遺産は、じわじわと減っていくばかりだ。

修にメールを送信すると、その指で、櫻は晴人のLINEを呼び出した。

《今週の週末、もみちゃんをそっちで預かってもらえますか。OK?》

電光石火の返信が届く。

《大OK! 日時の指定を松の木》

そう来なくっちゃ。

パチンと指を鳴らしてから、娘の部屋を覗きに行く。

すやすや眠っている天使に話しかける。

もみちゃん、よかったね。今週末は、大好きなパパといっしょだよ。ママは外国で仕事してくるからね。いい子でいてね。お土産いっぱい買ってくるよ。もみちゃんの大好きなチョコレートも、忘れずに買ってくるからね。ママね、そのうち、リャクダツコンしちゃうかもしれないよ。してもいい?

第七話　情事と事情

Behind the Scenes at the Theater

ブルースカイブルー。

すっきりと晴れ上がった、今朝の空の青に名前を付けるとしたら、こんな言葉になる。

中条彩江子はベランダに出て、ビルとビルに切り取られた十一月の空を眺めながら、両腕を高く差し出して伸びをした。

青空色の空。その彼方から、降ってくるような光の粒に縁取られて、いつもならくすんで見える猥雑な町並みが神々しく見える。

こんな日には。

きっと、いいことが起こる。

それは、空から降ってくる。

子どもの頃からよく、そんな風に思っていたものだった、と、彩江子は過去をなつかしむ。

いいことはいつだって、ちゃんと起こってくれた。待ち望んでいたコスモスの開花だったり、百点満点のテストだったり、最優秀のスタンプをもらった作文だったり、そんな些細なことばかりではあったけれど、それでもそれらは幼い彩江子にとって、空に棲んでいる神様が手のひらからそっと、落としてくれた幸運のように思えた。

そういえば、あの日も、空はこんな色をしていた。

夫に見切りを付けて家出を決行した朝、バスの窓をあけて結婚指輪を外へ、ぽーんと放り投げた、あの日。自由になった。解放された。これからの人生を、悔いのないように生き抜いていこうと、決心したあの日の空。

今も解放されている。これは、あの日の解放よりも、さらに風通しのいい解放だ。彩江子にはそう思える。心だけじゃなくて、体が軽い。暴力癖のあった夫から解き放たれた解放ではなくて、たぶん、自分で自分を縛っていた鎖からの解放だから、に違いない。

この解放を可能にしてくれたのは。

彩江子は青空に向かって、薔薇色のため息をつく。

遠くて近い空のもとに、会いたい人がいる。

週明けが締め切りの原稿を早々と書き終えたあと、再びベランダに出て洗濯物を干しているときだった。

そうだ、いいアイディアがある！

彩江子は「いいこと」を思い付いた。いいことが起こるのを待っているのではなくて、自分で起こしてみようと思ったのだった。

＊＊＊

きのうから、結城修はシンガポールへ出張している。

ええっと、香港だったかしら。

きっと、誰かがいっしょなのだろう。

だから？

そこで、結城愛里紗の思考は止まってしまう。誰かといっしょであろうと、なかろうと、だからどうなの。ということすら、愛里紗は思わない。関心がないのだ。夫がここにいないとき、誰と、どこで、何をしていようと。

冷蔵庫の扉にマグネットで貼り付けてある小さなカレンダーの紅葉を眺めながら、愛里紗はまるで高校生が修学旅行の日程を確認するかのように思う。

帰ってくるのは、月曜日。

きょうは、土曜日。

あしたは、鎌倉の実家へ遊びに行く予定だ。今夜から泊まりがけで行きたかったのに、両親の方に先約があったらしくて、断られてしまった。

仕事は何もかも片づいている。家の中も庭もきれいに整えられている。夫が家にいない、というだけで、愛里紗の用事の大半はなくなってしまう。

朝から、優雅な暇を持て余している。

出かけるとすれば、買い物。

珍しい食材を買ってきて、メニューを考えて、何かを作る。

ああ、でも、自分ひとりの食事のために料理をするのは、なんとはなしに詰まらない。じゃあ、誰かに食べさせてあげるための買い物と料理。

少しだけ、食指が動く。

誰かのために手間暇をかけて料理をする。誰かに食べさせる。愛里紗にとっては、これが最高の暇つぶしのように思える。驚かせること、喜ばせることが好きなわけじゃない。ただ、作るのが好きで、作ったからには誰かに食べてもらいたいだけだ。

この際、相手は誰でもいい。誰でもいいし、誰でもない、そう、誰でもない誰かのために。

ふっと、浮かんできた人物がいた。

彩江ちゃん。

会おうね、と言い合いながら、ふたりの都合がうまく嚙み合わなくて、ずっと、ご無沙汰続きだ。いつもあくせくと仕事ばかりしていて、どうせろくなものも食べていないに違いない。彼女に、思い切り美味しい手料理を食べさせてあげよう。仕事部屋に招待して。

純粋な友情からか、というと、そうではなかった。

愛里紗にとっては、暇つぶしの料理が先で、彩江子はあと、だった。

＊
＊＊

きょうは土曜日。

彼は一日中、部屋に籠もって仕事をする予定だと言っていた。愛里紗が下選びをしてくれた写真集用の写真を絞り込むのだと。

彩江子は、世良晴人の言葉を胸の中で再生してみる。

――これがけっこう大変な仕事なんや。選んでいるうちに、訳がわからんようになってくる。ほら、引越しの荷造りとかするとき、どれを持っていけばいいのか、どれを捨てればいいのか、だんだんようわからんようになってくるやろ、あれといっしょ。

神経を遣う作業なんだと言っていた。没頭していると、食事をするのも忘れてしまうのだと。

晴人のアパートに、差し入れを届けに行こう。

お弁当をこしらえて、持っていってあげよう。

これが彩江子の思い付いた、いいアイディアだった。

スマートフォンを取り上げて、文章を打ち始めた。すぐにやめた。こういうことをするなら、サプライズがいい。そうじゃないと、彼にとって「いいこと」にならない。留守だったら、手紙を添えて、ドアの前に置いてくればいい。

驚かせてあげよう。喜ばせてあげよう。

自分の思い付きに、彩江子は有頂天になった。約束もなしに訪ねていくなんて、これまでに一度もしたことがなかったし、普段の彩江子なら、絶対にしないことだ。

でも、きょうの、この空。

この、ブルースカイブルーの空のもとでなら、何をやっても許されるだろう。何をやっても祝福される。晴人が「わあっ、彩江子、びっくりした！」と驚いて、驚きながら喜んで「なんでまた突然、来てくれたん」と言いながら、抱きしめてくれたなら。

空があまりにもきれいだったから。

そう答えようと思った。

＊
＊＊

仕事場のドアをあけた瞬間、愛里紗の頭に浮かんできた「誰でもない誰か」がいた。
彩江子の姿はすでに脳裏から消えている。ここに呼びたい人は、彩江ちゃんじゃない。
だいたい、女がふたりで集まって、ここで手料理を食べるなんて、美しくない。
誰でもない誰かって、誰。
答えのわかっている問いかけに、愛里紗は答える。
世良さん、でしょ。
何枚も、何枚も、ここで写真を撮られた。いろんな格好をさせられた。
――愛里紗さんって「さ」が重なるんで、なんか呼びにくいです。
――だったら、愛里紗でいいわ。愛ちゃんでもいいけど。
――愛里紗。じゃあ、僕のことは晴人って呼んでもらえます？
――いやよ。
――なんでですか。

——恋人同士みたいだもの。

——違うんですか。

——違うわ。

——違わないでしょう。

撮られながら交わした幼稚な会話を、愛里紗はぼんやりと思い出す。触れ合ったわけでもないのに、唇さえ合わせていないのに、撮られながら、身の内に不思議な感覚を初めて覚えた昼下がり。自分の体が不思議な匂いを放っている。愛里紗にはそのように感じられた。あれ以来、また撮られたいと、愛里紗は思うようになっている。「撮られたい」が「会いたい」であり「さわられたい、抱かれたい」であるのかどうか、愛里紗にはわからない。わからないけれど、愛里紗は、カメラで犯される時間がひどく気に入っている。それは愛里紗にとって、美しい時間なのだ。汗をかきながらする「あれ」とは違う。

唐突に、愛里紗の頭上から何かが落ちてくる。

あのアパート。六畳と四畳半と台所しかない。三階にあるのに陽のまったく当たらないベランダ。あのアパートへ、行ってみよう。なんのために。なんのためでもなく、ただそこへ行くために。何かを持っていこう。

あんな狭いキッチンでは何も作れないし、作りたくもない。調理器具もないし、調味料も揃っていない。第一、あのアパートで料理をする、という行為自体、美しくない。というようなことを含めて、何もかもをすっ飛ばして、愛里紗は「行ってみよう」と思っている。

部屋を突然、訪ねていって驚かせよう、などとは思っていない。会いたいから、行くのでもない。言ってしまえば、格好の暇つぶし。

何を持っていくのがいい。お酒、お花、フルーツ、それともTシャツとか、ネクタイとか。サプライズで晴人に贈るものとして、ふさわしい物は、何。

空から落ちてきたのは「美しい贈り物は何」だった。

＊＊＊

電車の乗り換えが思いのほかスムーズに行って、彩江子が晴人のアパートの最寄りの駅に着いたのは、十二時よりも少し前だった。

お昼はだいたい一時ごろに食べると言っていたから、今ならきっと、部屋にいるだろう。そう思って、駅構内にあった花屋の前で足を止め、花束を買い求めた。思いっ切りお金をかけた。

膨らんだトートバッグの中には、心尽くしのお弁当が入っている。おむすび、厚焼き卵、小松菜の胡麻和え、焼き魚に大根サラダ。ポテトサラダ。どれも晴人の好物だ。

狭いテーブルの上にお弁当を広げて、晴人の部屋の冷蔵庫から取り出したビールか烏龍茶か何かで、乾杯しているふたりの姿を思い浮かべてみる。

うきうきしている。どきどきしている。

目をまん丸くして驚き、喜んでいる晴人の顔しか、想像できない。わあっ、彩江子、何、突然、どうしたの！　何かあったんか！

予想に反して、内側からドアをあけて彩江子の顔を見た晴人の表情は、険しかった。

「彩江子……」

言葉はただ、それだけだった。

「ごめん、驚かせちゃったね。近くまで来たものだから、急に会いたくなって」

反射的に、そんな嘘が口から転がり出た。「お弁当を持ってきた」とは、とても言えないような雰囲気を晴人はまとっている。明らかに、迷惑そうに見える。

こういうときに、どういう風に振る舞えばいいのか、彩江子は重々、承知している。まず相手が傷つかないように、それから、自分もなるべく傷つかないように。どのような局面にあっても、他人を思いやる気持ちが人一倍、大きい。それが彩江子の美点であり、弱点でもあるのだけれど。

「ごめんね、顔だけ見られたから、満足してる。ごめん突然。じゃあ、帰るね」

そう言って、晴人に背中を向けようとしたとき、彩江子の視界に小さな女の子が飛び込んできた。声が先だったのか、姿が先だったのか、わからないほどの素早さだった。

「パパ、パパ、だあれ、このひと、だあれ、おきゃくさん？」

一瞬ぎょっとしたものの、そうか、部屋には今、この子とこの子のパパがいっしょに遊びに来ているんだなと、彩江子は解釈した。そうか、来客中だったのか、と。

それで、あんな表情を。

一瞬の安堵の混じった解釈は、一瞬でぶち壊された。

彩江子の耳を疑うような晴人の言葉が続いた。彩江子ではなくて、幼子に向かって。

それは、彩江子のいまだかつて聞いたことのない甘ったるい声だった。

「ああ、このひとはね。パパのおともだち」

パパのお友だち。

パパの？

晴人はそれから、申し訳なさそうな顔をしたまま、つるっと言った。

「上がって。ちょうどいい機会やし、彩江子に話しておきたいこともあるし」

聞きたくない、と、彩江子は思った。

半ば、本能的に。

聞きたくない。そんな話を聞くために、私はここへ来たんじゃない。

＊＊＊

「お客様、この先、ひどい渋滞になってますけど、どうされます」

運転手に問いかけられて、愛里紗は我に返った。

車窓から射し込んでくる陽の光が気持ち好くて、つかのま、うたた寝をしていたようだ。夢の中で、愛里紗は晴人とギリシャかどこかを旅していた。

あれは、たぶん、エーゲ海に浮かぶ島。

途中から、旅は滞在に変わっていて、晴人は現地で漁師になり、地元の人たちといっしょに船に乗り、網を引いていた。愛里紗は日がな一日、遊んで暮らしている。好きな料理を作って、晴れた日にはビーチへ行って、雨の日は本を読んで。夕暮れ時にはふたりで散歩に出かける。裸足で、手をつないで、波打ち際を歩く。砂に足跡を付けながら。振り向くと、まっ白な教会と十字架。

目覚めたときにも、海の青と教会の白がまぶたの裏に焼き付いていた。

「こんなところで、渋滞ですか」

「この先の路地、通行止めになってますね。事故か何かがあったんでしょう。ほら」

身を浮かせてフロントガラスの先を見ると、人だかりがして、パトカーの赤い光が点滅している。

「あのビルから、誰かが飛び降りたんですかね」

運転手は、晴人が住んでいる五階建てのアパートを指さしている。

「まさか」

とだけ答えて、愛里紗は言葉を切った。

ぼんやりしていないで頭を働かせて、何かを考えなくてはならない。

でも、何を。

＊＊＊

晴人に手を取られるような形で、中へ引っ張り込まれた。

彩江子は、今にも泣きそうになっている。嘘をつかれていた。この人に、子どもがいたなんて、結婚していたなんて。

玄関口で突っ立ったままでいる彩江子に、晴人は懸命に話しかけてくる。

「……あのな、隠してたわけやない。ただ、今までちゃんと話す機会がなくて。近いうちに話そうと思ってた。この子は……」

彩江子の耳には、晴人の言葉が言葉として、聞こえてこない。聞こえてくるのは、晴人のまわりで野うさぎみたいに飛び跳ねている、女の子の声だけだ。

「パパパパ、おなかすいたよ。もみちゃん、ファミレスいくの。それでね、あんぱんまんランチたべるの。パパのおともだち、パパのおともだち、こんにちは。おなまえは。あのね、もみちゃんのすきなくまさんのなまえ、おしえてあげようか」

彩江子を取り囲んでいる世界の輪郭は、ぐにゃりと歪んでいる。体の具合が変だ。腹が背中に、背中が腹になったような気がする。

あの日もそうだった。

あの日も彩江子はおなかを庇いながら、夫だった人に背中を蹴られていた。

唐突に、亡くなった祖母の言葉が浮かんでくる。

——彩江ちゃん、嘘をついた人間には、天罰が下るんだよ。神様はよくご存じだからね。でもね、これだけはよく覚えておきなさい。嘘をつかれる、ということは、嘘をつかれた方にも原因がある。必ずある。嘘をつかれるようなことをするから、嘘をつかれる。そういう風にできている。

どうして今、こんなところで、こんなときに、祖母の言葉を思い出さなくてはならないのか。私は、嘘をつかれるようなことを、この人にしたのか。

していない。していない、つもりだった。なのに、天罰は下った。

彩江子は悟った。あの子を死なせたからだ。夫から殴る蹴るの暴行を受けて、流産してしまったあの子。女の赤ちゃんでした、と、看護師は教えてくれた。「抱かれてみますか」と言われた。抱かせてもらった。小さな小さな死を抱いた瞬間、彩江子は夫に殺意を抱いた。この子を殺したのは、あの男だと思った。私はこの子を守れなかった。母親になる資格なんて、私にはない。一生ない。

あの子が呼んでいる。

あの子が私を、空から。

ひそかに「桜子《さくらこ》」と名前を付けた。四月だった。この世に生まれてきたのに、この世を見ることもなく、天に召された。

どうして、私には桜子がいないのに、この男には娘がいるのか。

「こんにちは。くまのイライジャです。もみちゃんはもみじで、ママはさくらで、パパは、はるチンといいます。あなたのおなまえ、なんですか。なんですか、なんですか、おへんじは？　だまっていちゃわかりましぇん」

こんなの不公平だ。こんなの、おかしい。こんなの、許せない。

彩江子は晴人を押しのけて、部屋の奥へと、突き進んでいった。トートバッグと花束を床に投げ付け、代わりに、そのへんに置かれている写真の機材を、つかめるだけ、つかみ取りながら。

窓は自分の手であけたのか、最初からあいていたのか、わからなかった。

ベランダに出ると、彩江子は地上を確かめもしないで、叩き付けるようにして投げ落とした。レンズ、スタンド、傘、カメラ、ストロボ、カメラバッグ。投げるものがなくなると、ベランダに放置されていた物を片っぱしから落とした。段ボール箱。壊れた電気製品。ビールの空き瓶。雑誌の束。今ここに、女の子が駆け寄ってきたなら、私はあの子をここから突き落とすだろうと思いながら。

＊＊＊

「どうされます?」

車で近づけるぎりぎりのところまで近づいてもらったとき、群集の中に、背の高い晴人の姿を見つけた。晴人の様子は、明らかにおかしい。身振り手振りで、何かを必死で説明している。晴人に向かい合っているのは警官だ。

膝の上に載せてあった、ワインの入った箱を脇へ置くと、愛里紗は居住まいを正して、運転手に告げた。

「わかりました。車、ここから引き返せますか」

「は、引き返すんですか。降りられるんじゃなくて」

「ええ、急用を思い出したの。ごめんなさいね」

あの醜い野次馬たちに向かって歩いていく自分の姿など、想像もできない。

「いえ、当方はそれでもかまいませんが。じゃあ、あの駐車場に入って、ターンしますね。ここならまだなんとかできるから」

反対方向へ走り出した車の後部座席から愛里紗は、身をよじらせながらうしろを振り返って、人だかりを見た。人の数は、どんどん増えていっているようにも見える。

あそこにいたのは、あれは本当に、彼だったのだろうか。

あれは私が私に見せた、幻影だったのではないか。あそこへは近づくなという、神様からの警告。もしもあれが本当に彼だったとして、だから、どうなの。

というようなことを、愛里紗は思ったりしない。晴人に電話する。メッセージを送る。そういうことを思い付きもしない。

窓の外に広がる青空に目をやって、愛里紗はふっと、ため息を漏らす。

とりあえず仕事場に戻って、ついでにお茶でも飲んで、それから家に帰ろう。今はいないけど、必ず帰ってくる夫がいる家。

喉が渇いた。そうだ、買ったばかりのこのワインを飲もう。冷蔵庫には、頂き物のチーズも入っていたはず。エチオピア産のはちみつ風味のワイン。酒屋で店員から薦められ、試飲して気に入った。これがお土産になるはずだった。

ひとりでワインを飲もう。

空がきれい。

ぼんやりと、そんなことを思っている。

＊＊＊

無性に、愛里紗に会いたくなった。

会って、話を聞いてもらいたい。

こんなことを話せるのは、愛里紗しかいない。

体の中に渦巻く激情を抱えたまま、あてもなく町をさまよったあと、彩江子は街角から愛里紗に、電話をかけてみた。

晴人のことをある程度は知っている愛里紗。いい意味でも悪い意味でも、他人に対して一定の距離を置いているように見える愛里紗。言い換えると、他人に冷たい愛里紗だからこそ、彩江子は会って、話を聞いてもらいたいと思い始めていた。そうすれば、この、激しい憎しみも少しは和らぐのではないか。

晴人に子どもがいた、ということを愛里紗は知っていたのだろうか、という思いもある。知っていたとして、だからどうなのか、というところまでは、彩江子の気は回らない。逆に、知らないのであれば、知らせておかねば、とも思っている。

愛里紗は、仕事場のマンションにいた。

何度か訪ねたことがある。彼女が招待してくれたこともあれば、招待されていないのに立ち寄ったこともある。何もかもが美しく整えられているのに、妙に居心地の悪い部屋。努力しないで手に入れた幸せを、無意識に見せびらかしているような空間。

相変わらず、のんきな声で、友人は言った。

「あ、彩江ちゃん。電話をくれるなんて、珍しいわね、どうしたの」

「仕事中？」

「暇を持て余し中」

「今、仕事で近くまで来たので、ちょっと、寄っていい」

それほど近くには来ていなかったけれど、そんな風に言ってみた。

愛里紗は優しく、ふんわりとした口調で答えてくれた。

「もちろんよ。今ね、ひとりでワインを飲んでいたの。ちょうどいいわ。いっしょに飲みましょう」

「話があるの。あんまりいい話じゃないの。それでもいい？」

「いいわよ」

「あのね」

「なぁに」

「電車の中から、メールを送るね。口ではうまく話せない」

＊
＊＊

甘いワインの入ったグラスを片手に、愛里紗はキッチンに立って、いそいそと料理を始めた。

料理といっても、さほど手の込んだものではない。冷蔵庫の中にあるものを適当に使って、ワインに合いそうな軽いものを何品か。まずはサラダ。それから作り置きのパイ生地を使ったキッシュ。頭の中はたちまち、料理で占められる。

晴人のアパートで何があったのか、よりも、彩江子はきょう、今から、なんのためにうちに来るのか、よりも、あり合わせのものでどれだけ美しいもてなしができるのか、に、愛里紗の関心は向いている。

セロリとくるみと人参とブルーチーズのサラダ。きれいにできた。

卵と生クリームとチーズを混ぜ合わせて、キッシュの中身を粗方、作り終えた頃、彩江子からメールが届いた。

ありさ様

世良くんのアパートでとんでもない失態を演じてきました。

私としては結婚を前提にして、付き合ってきたつもりだったけど、彼には娘がいたの。つまり、結婚してたってこと。
そんなことも知らないで、ずっと本気で付き合ってきた私って、
本当にどこまでお馬鹿な女なんだか。
悲しい女かな、私。こんな状態のとき、ありさにすごく会いたくなった。
世良くんがありさに迷惑をかけていないことを祈っています。
あんな男をありさに紹介したのは、大きな大きな間違いでした。
せっかくだから、もうこの話、会ったときにはしないでいようか。
それでいいよね？　じゃ、あと30分ほどで着きます。　さえこ

＊＊＊

できるだけ明るく、できるだけ素っ気なく、伝えたつもりのメールを送り終えると、
彩江子は長いため息をついた。
愛里紗とは、大学時代からの付き合いだから、かれこれ、二十年来の友人だ。とは
いえ、会うのはせいぜい年に数回程度。一時期は、何年も会うことはなかった。それ

でも切れてしまわなかったのは、生き方や考え方がまるで反対、だからかもしれない。共通点がまったくない。ないからこそ、長続きしている。女同士の友情って、そういうものなのかな。

最近、ふたりがぐっと近づいたのは、晴人のせいだ。彼に愛里紗を紹介したのは、この私だ。彩江子は今、そのことをひどく後悔している。

装幀家と写真家。ふたりがそれ以上の関係になることはない、と、わかっていても、なんらかの形で、自分はこれからも「世良晴人」を見たり、聞いたりしなくてはならない。なんという呪縛。耐え難い苦痛。まるで、身を粉にして丁寧に張った巣に、みずから引っ掛かって足掻いている、女郎蜘蛛のようではないか。私を解放してくれたはずの人から、こんな仕打ちを受けるなんて。

愛里紗に会ったら、やっぱり何もかも、洗いざらい、話してしまおう。

ついさっき、メールに書いたこととは正反対の決意を、彩江子はする。

愛里紗のことを心配している、という言い訳を使って、本当は慰めてもらいたいのだ。「彩江ちゃん、大変だったね。悪い男に引っ掛かったのね」と、ふんわりと、あの優雅な笑顔で。

傷ついた友人を迎え入れる準備を済ませた愛里紗は、ベランダに出て、短いため息をついた。少し時間がずれていたら、晴人のアパートで、鉢合わせをするところだった。


***

もしも彩江子がアパートで、晴人の娘のみならず、私の姿まで目にしていたら、いったいどうなっていたのだろう、と、愛里紗はぼんやり、そう思う。

愛里紗にとっても、晴人に子どもがいたなんて、青天の霹靂《へきれき》。

には違いなかったけれど、それでも彩江子との違いは「私は驚かないだろうな」ということだった。

私は驚かない。

ただ、彩江子と晴人がそういう関係にあった、ということには少なからず、驚かされた。なぜなら愛里紗にとって彩江子は、賢い人であり、潔癖な人であり、思想と行動が一致している人であり、だらしなくない女であり続けてきたから。

情事の裏には、事情がある。

それぞれの事情がある。

事情のない情事は、ない。

ぼんやりと、そんなことを思う。

＊＊＊

遠目に、愛里紗のマンションが見えてきた。

ベランダに立っている愛里紗の姿が見える。

小さな声で呼びかけながら、彩江子は手を振った。

「ありさー」

愛里紗は彩江子に気づいていない。

遠くから見ても、彩江子は愛里紗のことを「きれいな人だな」と、改めて確認するように、そう思う。学生時代からそう思ってきた。本人がそのことをまるで自覚していないから、きれいなのだ。きれいな人の血管を流れる血液はさらさらで、きれいな人には、きれいな幸福が似合う。私とは所詮、住む世界の異なる人なのだ、そんなことも思う。

彼女は私みたいな醜態を晒したりしない。彼女は夫から暴力を受けたりしないし、流産で赤ん坊を失ったりしないし、付き合っている人から裏切られたりしない。

彼女には、そんな薄暗い事情は、どろどろした事情は、ない。

だから彼女のことが羨ましいのか、疎ましいのか。だから私は彼女のことが好きなのか、あこがれているのか、いないのか、好きなのか、嫌いなのか。彩江子には、訳がわからなくなっている。

＊＊＊

「さえちゃーん」

愛里紗は眼下に彩江子の姿を見つけて、ベランダから少しだけ、身を乗り出すようにして名前を呼んだ。

マンションのエントランスに立って、彩江子はちぎれんばかりに手を振っている。

「かわいそうな女」と、愛里紗は心の中でつぶやく。同情心はいつもより厚い。

堅物だから、幸せにはなれない。もっとだらしなくなれば、もっと楽に生きられるのに。もっといい加減になれば、人から裏切られることもないのに。

愛里紗はふと、足もとに並んでいる鉢植えに目をやった。

ブルーの壺には、二種類のミニ薔薇が植えられている。

プラムシャーベットの薔薇の花言葉は、天使のため息。

ミステリーレッドの薔薇の花言葉は、秘められた情事。

天使のため息は、すでに今年の花を咲かせ終え、今は葉だけになっている。

秘められた情事は、秋咲きの固いつぼみをいくつか、付けている。

その隣に置かれている備前の壺。だと最初は思ったけれど、あとで偽物だとわかった。すぐにひびが入ったから。その中では、枯れかけた紫陽花が息も絶え絶えに枝を伸ばしている。美しくない。捨てようと思って、きょうまで捨てられずにいたのは、彼からの贈り物だったから。そうじゃない。ただ忘れていただけ。この壺を、彩江ちゃんに譲ってあげる、なんてどうかしら。

そんな醜いことを、私はしない。するなら、こんなこと。

愛里紗は、お気に入りのブルーの壺を両手で胸に抱きしめるようにして持ち上げると、手すりの上から、彩江子の頭上を目がけて落とした。

さようなら、私の薔薇たち。

逆さまになった植物が音もなく、土ごと壺から離れるのと、落ちた壺が音を立てて割れたのは、ほとんど同時だった。

ふたりは、空《くう》を隔てて見つめ合った。

それぞれの瞳に、女が映っている。

この作品は二〇二一年五月小社より刊行されたものです。

幻冬舎文庫

●最新刊
脱北航路
月村了衛

祖国に絶望した北朝鮮海軍の精鋭達は、拉致被害者の女性を連れて日本に亡命できるか？　魚雷が当たれば撃沈必至の極限状況。そこで生まれる感涙の人間ドラマ。全日本人必読の号泣小説！

●最新刊
できないことは、がんばらない
pha

「会話がわからない」「何も決められない」「今についていけない」――。でも、この「できなさ」こそ、自分らしさだ。不器用な自分を愛し、できないままで生きていこう。

●最新刊
死命
薬丸　岳

余命を宣告された榊信一は、自身が秘めていた殺人衝動に忠実に生きることを決める。女性の絞殺体が発見され、警視庁捜査一課の刑事・蒼井凌が捜査にあたるも、彼も病に襲われ……。

●最新刊
わんダフル・デイズ
横関　大

盲導犬訓練施設で働く歩美は研修生。ある日、盲導犬の飼い主から「犬の様子がおかしい」と連絡を受け――。犬を通して見え隠れする人間たちの事情、秘密、罪。毛だらけハートウォーミングミステリ。

●最新刊
骨が折れた日々
どくだみちゃんとふしばな11
吉本ばなな

大好きな居酒屋にも海外にも行けないコロナ禍で、骨折した足で家事をこなし、さらには仕事で思いもよらない出来事に遭遇する著者。愛犬に寄り添われながら、日々の光と影を鮮やかに綴る。

情事《じょうじ》と事情《じじょう》

小手鞠《こでまり》るい

令和6年11月10日　初版発行

発行人――石原正康
編集人――高部真人
発行所――株式会社幻冬舎
〒151-0051東京都渋谷区千駄ヶ谷4-9-7
電話　03(5411)6222(営業)
　　　03(5411)6211(編集)
公式HP　https://www.gentosha.co.jp/
印刷・製本―TOPPANクロレ株式会社
装丁者――高橋雅之

幻冬舎文庫

ISBN978-4-344-43425-7　C0193　こ-22-4

この本に関するご意見・ご感想は、下記アンケートフォームからお寄せください。
https://www.gentosha.co.jp/e/